"Susúrrame entre Las Piernas"

Antología Erótica

Descubriendo Talentos

1ª Edición

Susúrrame entre las Piernas

Iniciativa erótica organizada por la autora Katy Molina para dar a conocer a nuevas promesas en el ámbito literario. Este proyecto, es para el artista callejero que tiene mucho que expresar y decir.

Susúrrame entre las Piernas

1ª edición

Impreso en Amazon, autores independientes.

Susúrrame entre las piernas

Diseño de cubierta: Descubriendo Talentos

Corrección: Yasnaia Altube Lira

Blog promoción: mialmaentusletras.blospot.com.es

Montaje y edición: Katy Molina

Autores: Geraldine Lumière, Zoe Llum, Dulceida Justin, Carlos G. Loco, Artza Bastard, Armando Ferri y Katy Molina.

Susúrrame entre las Piernas

"Gracias, a estas seis almas

por nunca dejar de

soñar".

Katy Molina

Susúrrame entre las Piernas

Prólogo

¿Cuál fue la última vez que unas palabras erizaron los poros de tu piel?

En esta lectura tu corazón se exaltará a un ritmo casi desenfrenado…

¿Cuándo arrugaste un papel entre tus manos en silencio, y fue el fulgor de la lujuria clandestina la que ilumina tus ojos?

Esta antología hará que tu cuerpo arda de placer, letra a letra ansiando llegar a la cima, encadenando gozos hasta culminar la cresta del placer.

La Llave del Deseo

Zoe Llum

"Dejaré de amarte cuando un músico componga una balada con las notas de mi alma".

Susúrrame entre las Piernas

Vivo en una gran ciudad, mi trabajo me llevó a ella, aquí es todo tan diferente; el sonido del claxon de los coches, las ambulancias, la policía, su gente, el bullicio de las calles...

A veces, sigo añorando mi pequeño pueblo costero; el piar de los pájaros, el relinchar de los caballos, ese riachuelo de agua fría en verano, el olor a sus campos, aquí los sonidos se entremezclan y el aire huele a contaminación.

Trabajo en un gran edificio cerca de la plaza de España, todo son oficinas, las personas entran, salen, no conozco a casi nadie, la gente no se detiene, no saludan van a su mundo, un "hola" o un simple "adiós" en la cafetería. Se trabaja a ritmos desenfrenados, las luces se encienden pronto y se apagan tarde, algunas ya a altas horas de la madrugada.

Mi apartamento, no es muy céntrico, así me permite escaparme un poco de todo ello, me queda cerca alguna tienda de ultramarinos, la panadería, etc. cosas del día a día sin necesidad de desplazarme.

Al poco de llegar aquí, conocí a un chico que regenta una tienda de jabones, cremas y velas hechas artesanalmente. Un día al pasar por su puerta, me atrajo el perfume de azahar, lo echaba tanto de menos; me recordaba a las calles de mi pueblo, al roció de la mañana, el olor a jazmín, el galán de noche que con su presencia las amenizaba. Así que entré en la tienda, soy una maniática de los olores, a la vez que estos me embriagan. Pronto congeniamos, al principio solía pasarme alguna vez a la semana, primero fue por necesidad; más tarde, por su compañía.

Izan es un hombre alto, con cuerpo atlético, ya que pasa horas en el gimnasio y su físico lo agradece. Tiene el pelo negro azabache, una mirada penetrante, esa sonrisa, que muchas veces, solo es una curvatura en su rostro, no es hombre de grandes carcajadas. Si de conversaciones amenas, buena compañía hasta altas horas de la madrugada, una cena, un café, una copa de vino amenizando una velada. Es hombre de mundo, ha viajado mucho; culto, sabio y siempre me fascinan sus relatos. Es experto en el género femenino, sus palabras así le delatan. Más nunca, desde que vivo aquí, le he conocido una relación con alguna mujer, sé que es muy discreto, no le gusta hablar de su vida privada, una de tantas cualidades que admiro de él.

Era viernes, cinco de la tarde y mi jornada laboral había

terminado, llevaba unos meses con mucho trabajo y estrés. Mi jefe me exigía nuevas cuentas, nuevos clientes, y eso eran más horas de trabajo, poco remunerado a veces. Solo deseaba cerrar la puerta de mi despacho.

Me había propuesto irme unos días a descansar, mis padres tienen una casita de verano en la playa y me apetecía olvidarme de todo. Escuchar el silencio, la balada de las olas, ver ese cielo estrellado, su oscuridad y perderme en la luz de la luna.

Cerré la puerta de mi despacho, como si me fuera la vida en ello y me despedí de los compañeros. Ya en el ascensor iba planeando como sería llegar allí. Cogí un taxi y me dirigí a mi apartamento. Necesitaba una ducha. Me desnudé y dejé caer la ropa en el suelo, me gusta ir desnuda por casa. Apagué las luces, encendí unas velas de vainilla que había comprado en la tienda de Izan, las guardaba para mí. Siempre me miraba y se reía. Un día me contó que me imaginaba bañándome entre ellas, así con esa sonrisa picarona y ese brillo en los ojos; esos ojos verdes, pecaminosos, sabía lo que me decían… los he ido conociendo poco a poco.

Me dirigí a la bañera, abrí los grifos y dejé correr el agua que iba haciendo pompas. Me sumergí, me gustaba cerrar los ojos y contener la respiración mientras sonaba Jazz en el IPhone. El calor del agua abriga mi cuerpo, mis manos impregnadas de jabón lavan mi piel y mis senos quedaban al descubierto. Comencé a acariciármelos, mis dedos jugaban con el diámetro de mi areola… Recordé una noche con Izan en la que dejamos que fueran nuestros cuerpos los que hablaran.

Un día llegué a la tienda e iniciamos una conversación. Él me preguntaba cómo eran eso momentos entre las luces y sombras de mi baño, que aunque sola, presagiaba que serían muy placenteros. Hablando y coqueteando, llegamos a espaciar las risas, nuestras miradas se buscaban, mi diminuta braguita se iba bañando y su pantalón vaquero ajustado, denotaba una protuberancia, era la hora de cerrar. Él vivía en el apartamento de arriba. Me preguntó si tenía sed, era una tarde de verano muy calurosa.

— Te invito a una copa Helena, ¿Te apetece?

Subimos las escaleras riéndonos, algunos chillidos se nos escapó, de "déjame" y "ni me sueltes". Ya en el apartamento, abrió la nevera y sirvió dos copas de champagne, dijo que la guardaba para una ocasión especial y esta lo era. Había subido unas velas que eran de un proveedor nuevo y las encendió. Deseaba saber si eran de mi agrado. En una fuente había unas fresas, cogimos algunas y las intercambiamos, de mis manos a sus labios, de sus labios a los míos.

Llevaba puesto un vestido negro ceñido. Mi melena larga cubría parte de la espalda que quedaba al aire. Me puse unos zapatos de salón altos, había escogido unos rojos, color que no solía llevar. Mis medias de cristal dejaban entrever el dorado de mi piel morena, la lencería era mi fetiche, siempre la adquiría con sedas, encajes, de colores sobrios y ese día la llevaba de seda negra con hilos de plata.

Izan siempre viste con camisas de manga larga, no son de su agrado los colores oscuros, más las de color negro que realzan la expresión a veces ruda de su rostro, remarcando sus ojos y si cabe lo hacen más atractivo aún; él sabe, que así es.

La ropa iba desvistiendo nuestra piel, se desabrochó la camisa, la dejó abierta y se sentó en el sofá que había cerca, me dijo con voz sensual.

— Helena, recoge tu melena, desnúdate despacio y... acércate, ven hacia a mí.

Fui lentamente, paso a paso, saboreando los segundos hasta llegar a él, no apartaba los ojos de los míos, la expresión de su cara era muda, una leve sonrisa matizaba el deseo en sus ojos, un halo de luz me hacía ver el placer que había en ellos.

Al llegar, bajé segundo a segundo la cremallera de mi vestido y lo dejé caer en el suelo, me quedé en lencería; el liguero, las medias, aquellos zapatos de tacón que me hacían sentirme segura y bella. Su mano inició un sendero por mi piel, dibujando la redondez de mi ombligo, jugando con mi piercing, sus dedos marcaban el símbolo del infinito que ofrecían mis pechos, subían y bajaban por ellos; ya en su cima, se detuvieron. Un escueto pellizco hizo que exclamara un grito. Izan sonrió.

— Helena, date la vuelta, de espaldas a mí.

Una palmada sonó en mi trasero, de nuevo un grito ahogué en mi garganta, un nuevo cachete sentí. Entre risas exclamé.

— Basta Izan…— me miró a los ojos y me preguntó.

— ¿Estás segura?— La verdad… había sentido placer en ello.

Susúrrame entre las Piernas

De nuevo frente a él, delineó mis muslos, como si deseara hacer un boceto de ellos, sus dedos ahora pinceles se impregnaron del color de mi deseo, resbaladizos, los deslizaba hacia mi monte de Venus, rozando ese pequeño botón anclado, su fricción me hacía cerrar los ojos y mis labios solo emitían sílabas llamándole.

Mi deseo iba aflorando en cada poro de mi piel, comenzó a recorrer mi cuerpo con su boca, besos y mordidas. Nuestros labios callaban palabras, solo emitían la balada de los gozos.

Izan se levantó del sofá, ahora fue él quien se deshizo de su pantalón quedándose en bóxer y pidiendo en silencio ser liberado de ellos. Fueron mis manos juguetonas las que ahora recorrían su cuerpo, cada extremidad, cada pliegue de su piel, cada rincón oscuro hasta llegar a su sexo. Exclamó un aullido de placer, liberando al animal que llevaba dentro.

Entrecortada nuestra respiración, nos buscamos, supurando en cada poro de nuestra piel la lujuria contenida. Fui yo la que le pidió que me poseyera, era yo la que aclamaba que me vaciara de este tormento. Hombre inteligente, me susurró al oído: <<*Helena, no tengas prisa, aún no ha llegado el momento, yo te diré cuando estás preparada>>.*

Me moría de ganas por gritarle que se equivocaba, que no era cierto, ya llevaba años con mi cuerpo y yo sabía lo que necesita, que él no me conocía. En esos momentos se detuvo el tiempo, dio media vuelta y se alejó. Deseaba correr tras de él y preguntarle que pretendía. Izan en sus manos llevaba un cuenco con hielo. Me extendió en la mesa, admirando mi cuerpo, en esos momentos me sentía suya, así me miraba. Estaba tan deseosa como enfadada, mi deseo en vez de menguar se hacía más latente si cabía.

Depositó en mis labios un cubito de hielo, lo agradecí, ya estaban resecos. Fue bajándolo por mi garganta, se iba derritiendo, cogió un nuevo cubito y esta vez los dejó en mis senos, circunvalándolos, el frío y el calor me enervaban, deseaba levantarme a la vez que inmóvil estaba.

El agua ya tibia corría por mis costados, cogió de nuevo más hielo, esta vez en mi sexo, que aclamaba el frío para calmar aquel fuego. No fue así, estaba sedienta… sí, pero de él.

Su lengua lamía el agua, sus labios besaban los míos, su boca los mordía y mi espalda se arqueaba de puro placer.

15

· - Ahora sí, ahora sí…— no podía, más le gritaba.

Izan ya de pie, al borde de la mesa, me cogió en sus brazos. Mis piernas rodearon su cintura, nuestros ojos eran lujuria buscándose, mi boca ya no era mía. Un gesto de Izan para sentarse arrancó un sonoro grito de mi garganta. Sonriendo dijo:

— Helena... silencio, no grites...

Silencio. Cómo podía acallar todo ello, me elevó al cielo con cada uno de sus movimientos. Y ahora sí… ya en la cima del placer, estallamos los dos. El comedor se impregnó del olor de nuestros cuerpos ya extasiados.

Me acurrucó entre sus brazos y me llevó hasta su cama, nos acostamos. Me quedé dormida, no sé qué hora sería. Desperté a la llegada del alba, recogí mi ropa y le dejé durmiendo. No deseaba que llegara la madrugada y salir a esas horas de su apartamento.

Ahora en mi bañera, recordándolo, daba las gracias por aquel encuentro, había dejado huella en mí, no recordaba haber disfrutado tanto de una noche de sexo. Es el mío el que en estos momentos me reclamaba. Cierro mis ojos conteniendo cada suspiro, inevitable mis manos buscándolo, lo hallan, lo aprieto entre ellas, me gusta sentir esos pequeños amagos de dolor que a la vez es placer, esos movimientos de fricción, que ensancha, se expande y crece en la duna de mi pasión. Ahora soy yo, la que a mí misma me regalo ese viaje de ida al horizonte del placer.

No sé cuándo el Iphone ha dejado de sonar, desconozco cuando la llama de esa vela ha dejado de alumbrar, solo sé lo que mi cuerpo y mi mente perciben, tan vacía y tan llena a la vez.

Me levanto de la bañera, cubro mi cuerpo con la toalla, cojo el aceite hidratante para el cuerpo y me dirijo a mi habitación. Desnuda en mi cama, me deleito con cada milímetro de mi piel. No tengo ganas de cenar, el cansancio invade mi cuerpo, mañana será un largo día de viaje, tengo que preparar la maleta e ir a la estación del tren para viajar dirección a la casita de mis padres.

Son las ocho de la mañana, debo levantarme. Antes de salir, quiero dejarle a Izan una llave de mi apartamento por si ocurre alguna cosa. De las personas que me rodean es en la que más confió. Despúes de una ducha y desayunar, me dirijo a su tienda.

— Hola Izan, buenos días, voy a estar unos días de vacaciones, necesito alejarme de todo esto. Te dejo la llave de mi apartamento por si ocurre alguna cosa.

Me miraba sin verme como hace siempre, el día que este hombre se asombre por algo hago una fiesta.

— No has pensando en decirme antes que te ibas.

— No, no lo he creído necesario.

— ¿Dónde vas? Si puedo preguntar.

— Voy a pasar unos días a la casita de mis padres que tiene en la playa.

— Esta bien, descuida Helena, cuidaré de tu casa.

Me da un beso. Aquellas palabras cuanto menos sabían a salvia. Le devuelvo el beso y me despido con un escueto... *"Adiós"*.

Susúrrame entre las Piernas

No es muy largo el viaje con el AVE. Llego muy pronto, apenas si me da para pensar en sus palabras y la expresión de su cara al despedirme de él. A mi llegada, antes que nada, voy a pasar por la casa del pueblo donde viven mis padres, ya hace tiempo que no les veo; sé que sus abrazos, su cariño, el amor que me tienen es lo más bello del mundo. Mi padre ya está jubilado y mi madre pasa las horas malcriándolo, después de cuarenta y cinco años de casados aún mantienen ese amor que un día les unió.

El taxi me lleva hasta las puertas de mi casa, sé que mi madre quiere que me quede a comer con ellos y así lo voy a hacer. Necesito ese calor reconfortante, necesito sentirme querida por ellos. Bajo las maletas y ahí viene mi madre, con una sonrisa de oreja a oreja como si hiciera años que no me viera. Aunque los años han hecho mella en su piel, me parece una bella mujer, su corazón así lo dicta.

— Ven aquí mi niña— me abraza tan fuerte que me hace daño. Me quejo pero sonrió. Mi padre sigue sentado en ese sillón que ya casi es tan viejo como él.

— Hola papá, ¿cómo estás? — Sonríe. Sé que es feliz de que esté aquí, siempre le ha costado admitir sus sentimientos.

Cae la tarde y les digo a mis padres que no deseo llegar tarde a la casita, aun me quedan muchas cosas por hacer. Mi madre insiste en que esta noche me quede a dormir con ellos. Con el paso del tiempo me he acostumbrado a estar sola.

— Mamá quiero deshacer las maletas, dejarlo todo en su sitio, ducharme e irme a la cama ha sido un día muy largo, día de nervios, de emociones, el viaje, prometo antes de irme pasar a visitaros de nuevo.

Mi madre me mira a regañadientes pero lo entiende, sabe que al final me saldré con la mía.

Un taxi de nuevo me espera en la puerta. Recojo mis cosas, no sin escuchar a mi madre decir que estoy delgada, que necesito comer bien y estar unos días con ella. Sabe que la quiero muchísimo y sé que lo dice por mi bien. Sale mi padre, les doy dos besos y me despido de ellos.

Ya anochece, el crepúsculo del atardecer invade el cielo, en mi cuerpo brota un ápice de nostalgia, será debido al cansancio.

Hemos llegado, le abono al taxista la cuenta, bajo las maletas y entro en la casita. En mis ojos unas lágrimas, recordando la niñez aquí transcurrida junto a mis padres. He sido una niña con una infancia muy feliz.

Estoy cansada, me daré una ducha rápida, mi madre me ha preparado un sándwich, me lo comeré y me iré a dormir. Ya en mi cama el sueño me vence, mañana será un nuevo día.

Un pájaro se ha posado en mi ventana, su piar me ha despertado, hace un espléndido día. Voy a ducharme, a desayunar y a pasar el día en la playa; tenderme al sol y dejarme llevar.

Esta playa es de arena dorada con destellos. Sus aguas son tranquilas, aunque con la marea resuenan los choques de las olas en los acantilados cercanos.

Sigue aún allí, en una roca ancha no muy alta, el bar donde mi padre me llevaba a comprar una Coca-Cola y unas patatas después de bañarnos. Mi padre en su juventud había sido un nadador nato, una de las cosas que yo había heredado de él.

A media mañana me acerco al bar, tengo sed y no me he traído nada para beber. Al fondo del bar veo a John, es un gran chico, hemos crecido juntos, ido al mismo colegio y jugado con los mismos amigos. Tengo que reconocer que está muy guapo, le favorece el bronceado de su piel, siempre ha sido de piel más bien blanca y en verano el moreno le resalta el color de sus ojos azules.

— ¡Hola, John! ¿Qué tal estás?

— ¡Hola, Helena! ¡Qué alegría verte! ¿Qué haces por aquí? ¿Estás de vacaciones?

—Sí, he venido a la casita de mis padres a pasar unos días.

— Un placer saludarte, ¿qué tal todo por la ciudad?

— Bien, ¿y vosotros? ¿Y tus padres? ¿Cómo están?

— Aquí, ya ves, todo sigue igual.

— ¿Qué quieres tomar? Venga, que te invito.

— Una Coca-Cola por favor, como cuando era niña—recordó con una sonrisa de anhelo.

John se marcha hacia dentro, debo de reconocer que la redondez de su trasero me sigue inquietando. Posee un bello cuerpo, con unas largas piernas que le acompañan. Sigue siendo un hombre muy deseado por las mujeres y con la madurez ha ido acentuando su belleza, su educación, su saber estar y su don de gentes por su trabajo. El conjunto hace de él un hombre muy interesante.

Sigue soltero, aunque se le han conocido relaciones, dice que todavía no ha llegado la mujer que lo ate. Siempre me arranca una sonrisa con sus comentarios.

Han pasado dos días, no sé por qué motivo he pensado en Izan, echo de menos esa pequeñas e intensas conversaciones que mantenemos algunas tardes. Desde nuestro encuentro de aquella noche, quedó abierta una puerta que ninguno de los dos ha cerrado.

Hace fresco, ya son las ocho de la tarde, estoy recostada aquí en mi cama delante de mi portátil, dejé unos documentos de la oficina pendientes y estoy revisándolos. Me pregunto que estará haciendo Izan, no sé si debería enviarle un mensaje. Me siento en una encrucijada pensando que tal vez, no quiera saber de mí. Parezco una quinceañera mordiéndome las uñas y barajando que hacer. Después de pensarlo mucho le envío un

Susúrrame entre las Piernas

WhatsApp.

— ¡Hola, Izan! ¿Cómo estás? ¿Qué tal todo por ahí?

Han pasado unas horas, Izan no responde al mensaje, no me sorprende, pero me molesta que no lo haga, no es tan difícil contestar creo yo.

Es la hora de la cena, me voy a preparar algo rápido, estoy molesta y no me apetece nada, en la televisión tampoco hay nada que me entretenga, en mis pensamientos solo esta Izan.

Me voy a dar una ducha, hace calor. Cuando termino seco mi piel con una toalla y me dirijo a al dormitorio, voy a mimarla con un aceite de seda, aquí la brisa del mar, el sol y el agua salada la reseca.

Desnuda en la cama, dejo una luz tenue en la habitación. Desde mi ventana veo el resplandor de la luna emergiendo desde el horizonte que se posa sobre el mar, bello camino que ilumina y lleva hasta la orilla. Es una noche de verano estrellada, las cuales bailan sin cesar una bella danza a su alrededor.

De nuevo me viene a la mente Izan, no me había dado cuenta

hasta ahora, será porque el trabajo aquí lo he dejado de lado y tengo tiempo para pensar y sentir. Reconozco que estoy enfadada, molesta y no tengo por qué.

Mis manos acarician mi piel, mis movimientos son toscos y rudos, las acerco a mis pechos, los siento prietos, los recojo entre ellas con fuerza, cierro los ojos, me muerdo los labios, un escalofrió de dolor y placer me arrebata una exclamación. Los pellizco, de nuevo ese sentir que comienza a ser deseo. Mi corazón palpita, mis pulsaciones se van acelerando. Una de mis manos baja ávida buscando el sendero que la reclama, mis muslos así me delatan, me he depilado, nada me obstruye el camino, la fuerza que con mis dedos fricciona, acorta el tiempo hasta el éxtasis, mis labios gritan gemidos, supurando gozos. Sal y miel, borracha de todo ello.

Un tórrido temblor invade mi cuerpo y estalla en mis manos la lava del volcán despertado. Me quedo quieta, serena, sosegada, no sin antes llevármelo a mis pensamiento y dedicarle estos lujuriosos momentos a él, en ausencia de sus palabra.

Amanece, no he dormido bien, ha sido una noche larga, recojo unas cuantas cosas en mi mochila y decido ir a pasar de nuevo el día en la playa, mi mar, la mar, el remedio de todos mis males, no me importa que estación del año sea, siempre entre ella me abriga.

Pasa la mañana sin ningún sobresalto, prometí a mis padres que iría a visitarles de nuevo antes de marcharme, así que llamo a mi madre para comentarle que voy a ir a comer con ellos, se emociona al escuchar mis palabras, en mi rostro una sonrisa de cariño, en la ciudad la echo mucho de menos.

Llega la hora de comer y John me pide un taxi.

— Helena, cuando quieras estás invitada a comer, me gustaría almorzar contigo, una copa de vino, una conversación y recordar viejos tiempos.

— Piénsalo antes de regresar a la ciudad.

— Sí, John, por supuesto. Acepto la invitación, será un placer.

— Gracias, Helena.

Subo al taxi y me dirijo a casa de mis padres.

— Hola papá, mamá, ya estoy aquí.

Susúrrame entre las Piernas

— Hola niña, pasa que estoy terminado de hacer la comida.

Mi madre siempre tan atenta, seguro que ha preparado una de sus famosas paellas, sabe que en la ciudad no puedo comerlas, allí no encuentras un lugar donde sirvan comida casera.

Mi madre ha estado toda la mañana cocinando una paella de mariscos, su olor ya me abre el apetito. Le ayudo a poner la mesa, sigue siendo una mujer exigente, la pulcritud, el orden y la sencillez, son un sello en su quehacer del día a día.

Después de la sobremesa, mi padre se ha ido a descansar a su sofá, mi madre me mira, conozco esa mirada, de pequeña me miraba así cuando deseaba preguntarme alguna cosa y no sabía cómo hacerlo.

— ¿Qué es mamá? ¿Qué pasa?

— Helena, dímelo tú, hay algo en tus ojos que se me escapa, ¿estás bien? ¿Me equivoco o son mal de amores?

— ¿De amores? ¡No mamá! No estoy enamorada—me entró la risa nerviosa, siempre he sido un libro abierto para mi madre.

— Niña, o no te has dado cuenta o mientes muy mal, hay un halo de melancolía en tu mirada—ella siguió insistiendo.

— No mamá, ¿por qué iba a mentirte? No estoy enamorada…—casi lo susurré porque ni yo misma lo sabía.

— Tiempo al tiempo niña, tiempo al tiempo.

Me despido de mis padres y regreso de nuevo a la casita. Cae la tarde, un momento perfecto para bajar a la playa, así que cojo mi cámara de fotos. Siempre me han fascinado los colores del atardecer, cuando el ocaso se viste con la paleta de colores de los anaranjados a los rojos. Mi profesor de fotografía decía que eso era el inicio del aprendizaje de un fotógrafo; más tarde, pasaría a deleitarme con trazos, líneas, rostros, etc. Me sigue embelesando el ocaso, el albor del amanecer, presagiando la explosión de colores de la madrugada.

La luna ya está en lo alto del cielo, a estas horas ya refresca un poco, estoy inquieta, conozco mis límites, sabedora de mis horizontes, soy una mujer de mundo, no me quedé anclada en el pueblo, ni en mi pasado, yo que siempre he sabido como expandir mis alas. Y ahora que estoy lejos de Izan, siento que comienza a arañar mi sentir.

Estoy tan absorta en mis pensamientos que no me doy cuenta que alguien roza mi hombro. Sobresaltada, me doy la vuelta y no doy crédito a la que ven mis ojos. Es Izan, sus labios se posan en los míos, los recibo, así suaves, sin más.

— Hola, que sorpresa…—me he quedado extasiada— ¿cómo me has encontrado? ¿Cómo has llegado? ¿Cómo sabías que estaba aquí?—no puedo para de preguntar porque creo que es un sueño.

— Helena, dame tregua, una pregunta detrás de la otra—sonríe con esa risa pícara que me vuelve loca.

— Tienes la localización del teléfono activada, no ha sido difícil encontrarte, una casita, el mar, y a estas horas de la noche, poco tendría que conocerte para no imaginar donde podrías estar—tuerce la boca en una sonrisa y me quedo embelesada— ¿Cómo estás? ¿Todo bien Helena?

— Sí, yo… sí. ¿Y tú?—no sé muy bien cómo reaccionar pero al segundo me viene a la memoria los mensajes que no me contestó y me enfurezco— No has contestado a ninguno de mis mensajes, pensé que no deseabas saber nada de mí.

— No te enfades, eso es algo que ya conoces de mí, no siempre contesto a los mensajes.

—   Ya…—contesto   no   muy   conforme   con   su respuesta—siempre tan sincero, tan tú mismo, siempre tú.

— Así es, ¿y no es eso lo que te gusta de mí? ¿Ese pequeño diablo que en vive en mí? Dímelo…—me retó a expresar mis sentimientos.

— ¿Y quién te ha dicho a ti que me gustas?

— ¿No? Entonces, ¿qué es? ¿Por qué te importa si contesto o no a tus mensajes?—a veces me saca de quicio con su chulería.

— ¡Izan! ¡Engreído!

Me coge de los brazos y me acerca a él, nuestros ojos se buscan, el mundo se para, se detiene el tiempo, el calor de nuestros cuerpos nos delata, su boca me busca, esta vez con ansia. Sus manos traviesas juegan a encontrar mi piel debajo de la blusa de seda blanca; las mías, desabrochan los botones de la suya.

Mi minifalda queda en la arena, sus pantalones justo al lado, comienza a lamer mis pechos libres de toda tela, un suspiro vestido de jadeo se desprende, el desconcierto de mi se apodera, dando paso a la sinrazón, llega la pasión que en mi se alberga. Tomo en mis manos su sexo erecto, Izan cierra los ojos, lo veo, el resplandor de la luna en su rostro me hace partícipe de ello. Ya no hay pausa, ya no nos delimita nada, somos dos amantes febriles por la pasión, somos hombre y mujer, desgranando cada deseo, vociferando cada gozo, somos éxtasis de los sentidos, ambos aclamamos el unísono del orgasmo.

Nuestros corazones ralentizan su trote, quedamos tendidos en la arena, nos buscamos. No se ve cielo más grande que el que tus ojos me dibujan, ni océano tan profundo, no hay luz que brille más que tus ojos. Casi adormilados recogemos nuestra ropa de la arena y nos dirigimos a la casita, nos damos una ducha y nos dormimos.

Son las nueve de la mañana, abro los ojos y me encuentro una rosa azul en la mesita de noche, Izan sabe que son mis preferidas. Significan lo eterno, debajo hay una nota: *"Pronto volveremos a vernos"*. Un escalofrió recorre mi piel, no sé lo que siento, si sé que duele este sentir.

Susúrrame entre las Piernas

Anoche desbordó cada milímetro de mis contornos, arquitecto de mis curvas, delineante de todo ello. Estructurando mi cuerpo en los límites de sus labios, en el limbo de sus manos, en el más allá de los universos. Me despojo la piel, cuarteo mi corazón expandiendo mis sentimientos sin permiso para ello, araño mi alma. Perdí la noción del tiempo, seca estaba mi garganta y me dio a beber de él. Sal en mi boca, dulzura en mis ojos, que ahora te llaman.

Mañana hare el equipaje, regreso de nuevo a la ciudad, estoy triste por irme de aquí, a la vez que me tiemblan las piernas, ¿qué va a pasar ahora con nosotros? ¿Qué cambiara? Vienen a la mente un sin fin de preguntas que no sé cómo responder, el incierto no es mi mejor compañero, hasta ahora solo éramos dos amigos que nos atraía nuestro físico, ahora me doy cuenta que hay algo más.

Mi último día de playa, he quedado con John para comer, me despediré de él y más tarde iré a casa de mis padres. La mañana está siendo inquieta, recojo mis cosas y subo al bar.

— Hola John, ¿cómo estás?

— Hola Helena, bien, ¿y tú? Pensaba que ya no vendrías,

tenemos una comida pendiente—me recordó.

— Sí, así es. ¿Qué te parece si acepto la invitación ahora?—sonreí para mostrar entusiasmo y no pensara que lo hacía por obligación.

— Por mi encantado.

Nos sentamos los dos en una mesa aparte, John me cuenta que desea disfrutar de estos momentos conmigo, que es muy largo el tiempo transcurrido. Nos miramos, nos reímos, recordado sucesos de nuestro pasado juntos, es una gran persona, como ser humano y como hombre.

— John, regreso a la ciudad, mi trabajo me reclama, no puedo quedarme más.

Me mira a los ojos con tristeza, sé que siempre ha sentido algo por mí. Le cojo de la mano, debo de regresar, esto no es una despedida y así quiero que lo entienda. Me levanto de la silla, le doy un beso y me voy, no quiero mirar atrás, estoy tan confusa que no haría lo correcto.

Me doy una ducha, recojo mis cosas, cierro la casita y me dirijo a casa de mis padres, necesito esas palabras de mi madre, aunque a veces pesada, ese abrazo silencioso de mi padre que lo dice todo sin musitar palabra.

— Hola mamá—miro a mi madre con amor, después a mi padre— hola papá. Ha llegado la hora de irme al AVE, sale en una hora y no quiero llegar tarde.

Mi madre me ha preparado mucha comida para llevármela, siempre tan madre y previsora.

— Helena cuando llegues llama, quiero estar tranquila.

— Sí, mamá, lo haré.

— Regresa pronto—me recuerda con un tono de melancolía en la voz.

— Sí, mamá.

Me voy, no me gustan las despedidas, me entristecen, cojo el taxi y me dirijo a la estación, no es largo el viaje así que pronto llegaré a casa. En el AVE, me pongo los cascos y la música en IPhone, necesito estar sola para pensar. He llegado, del cansancio, los nervios, me he quedado dormida, voy a recoger mis maletas y a mi apartamento.

Susúrrame entre las Piernas

De nuevo en casa, se entremezclan en mí los sentimientos, tumbada en la cama ahora más sosegada, más tranquila, en mis pensamientos Izan, desde aquella noche no he vuelto a saber nada de él. A veces me crispa los nervios, es tan suyo, que duele.

Suena el despertador y no sé ni donde estoy, me quedé dormida anoche. Voy a ducharme, desayuno y me voy a trabajar.

La mañana está siendo agotadora, la vuelta al trabajo siempre es difícil, necesito salir, y todo por ir a ver a Izan. Son las cinco de la tarde, es la hora, me tiemblan las piernas al pensar que voy a verle. Me pregunto a mi misma que me está pasando, aunque se la respuesta.

A estas horas de la tarde el calor es inamovible, la tienda de Izan ya está abierta, suspiro profundamente, me recompongo y abro la puerta. Un escalofrió recorre mi cuerpo y no es por el aire acondicionado, son sus ojos, que centímetro a centímetro recorren mi cuerpo, son ellos que los míos su espejo son, no aparta su mirada, ni sus labios hablan, solo me mira, me siento tan vulnerable ante él, me desarma.

Susúrrame entre las Piernas

— Hola Helena, ¿ya has regresado?

— Hola Izan, buenas tardes. Sí, regrese anoche.

— ¿Cómo no me dijiste nada? Hubiera ido a esperarte, te hubiera recogido en la estación.

— No importa, estaba cansada— me pilló un poco de sorpresa su respuesta.

— Razón de más para ello.

No hay tregua entre nosotros, cierra la puerta de la tienda, da la vuelta al cartel, *"regreso en unos minutos"*. Coge mi mano y tira de ella con fuerza.

— ¡Izan, me haces daño!—grito juguetona

En la trastienda, me coloca delante de él como si de una muñeca se tratara. Con las dos manos arranca los botones de la blusa, me quita la falda, el sujetador ya no cubre mis senos, coge unas tijeras y corta el diminuto tanga, solo con mis zapatos me quedo ante él.

— Así es como te deseo, así gozo al admirar tu cuerpo, date la vuelta, quiero verte, tu cuerpo me pertenece.

Susúrrame entre las Piernas

No doy crédito a las palabras de Izan.

— No me mires como si estuviera loco, te deseo y voy a hacerte mía—su tono es oscuro y está tan lleno de deseo como mi alma que suspira por una caricia.

Coge mi rostro entre su mano, entre besos y muerdos se quita la camisa, marca mi cuello, se deleita con mis oídos, regándolos con gemidos. No sé cuándo su miembro viril y erecto ha quedado al descubierto, si sé que va bañando mi piel, mi espalda con las secreciones del placer.

Se queda ahí detrás, con una mano coge las mías, con la otra, redondea mis senos, camino a mi ombligo, arañando gozos en cada poro de mi piel.

— Helena, palpo tu deseo, me impregno de tu esencia.

Dobla mi cuerpo por la cintura, lo arquea y con furia me posee, tal caballo desbocado en su carrera, galopando sin tregua. Solo puedo pronunciar su nombre entre la lujuria que nuestros cuerpos invade, en el último brinco llegamos al clímax, a la cima del orgasmo.

Izan me mira, ahora su mirada es diferente. Nos duchamos

riéndonos, esa risa tonta que no defines exactamente.

Me voy a mi casa sin entender, o no quiero entenderlo, o sí… no lo sé, tal vez siempre fue así. Pienso en Izan, este hombre le está dando una vuelta a mi vida, ha despertado en mi sentimientos dormidos. Yo que alardeaba de ser una mujer libre, alguna vez se me tachada de frívola, de una mujer sin sentimientos, ya que no se me conocían relaciones con hombres y ahora me siento confusa respeto a mis sentimientos.

Me estaba derrumbando ante esta existencia, no es lo que deseaba, mi vida era casi perfecta, y no entraba en mis planes el enamorarme de nadie, y ello estaba sucediendo.

Son las ocho de la mañana y ya estoy en la oficina, ha sido una larga noche, me he despertado muchas veces inquieta, en parte por el calor, la otra parte por Izan.

Me gusta, pienso que ya antes me gustaba y nunca me di cuenta, estas últimas veces, haciendo el amor han aflorado sentidos sentimientos. Estoy más confusa que nunca, y me pregunto qué sentirá Izan, él que es un hombre de pocas palabras, que nunca expresa lo que siente… una pregunta viene a mi mente, ¿y si solo es sexo? ¿Y si para él no hay más?

Dejo divagar mis pensamientos, todo a su tiempo, como dice él muchas veces: *Helena será por tiempo,* aunque no creo en ello, el tiempo transcurre sin pedir permiso a nadie, sin detenerse ante nada. Hoy mi mente no calla, me gritan los pensamientos, estoy cansada.

Son las cinco de la tarde y leo un mensaje en el *WhatsApp:* *"¿Helena te apetece cenar conmigo esta noche?".* Es Izan, como siempre sus palabras son escuetas, así sin más, sé que soy de palabras, un buenas tardes no es mucho pedir. Decido contestar: *"Buenas tardes Izan, sí, si me apetece cenar contigo".* Al segundo recibo respuesta: *"Paso por tu apartamento a la ocho de la tarde, ¿te parece bien?".* Al menos es educado porque sabe tan bien como yo que mi respuesta es un sí, contesto: *"Sí, está bien".* Él pone el punto y final a la conversación: *"Después no vemos".*

Ha sido un día agobiante, y no solo por el calor, el trabajo, si no por mí misma, pero necesito respuestas. Doy gracias que hoy es viernes y mañana no trabajo.

Me voy a casa, me tomo un vaso de leche fresca con cola-cao, en verano me apetece, prepararé la ropa que voy a llevar en mi

39

cama, una ducha, me maquillaré y todo listo para la cita. Por favor me pueden los nervios.

Son las ocho y suena el timbre, siempre tan correcto, tan puntual, siempre él. Abro la puerta, esta guapísimo, lleva un traje de verano azul marino, una camisa blanca, con los botones abiertos, unos zapatos de charol negros y ese perfume que siempre le delata ante mí, nunca cambia.

— Helena, estás muy bella esta noche.

Llevo una blusa de seda holgada, semitransparente, dejando entrever mi cuerpo, mis senos los cubren una joya de sujetador con piedras azul zafiro y turmalina, mi falda es negra, de tubo larga, ceñida, por delante tiene dos aberturas que dejan a la vista mis piernas, lo he acompañado con unos zapatos de tacón altísimos y un *cloutch* rojo y dorado.

Hemos llegado al restaurante, no lo conozco. Tiene una gran fachada, de tosca antigua, una puerta de madera muy alta. Nos la abren, nos están esperando.

— Adelante, pasen por favor. Señor, tiene su mesa reservada en la tercera planta, es una mesa más acogedora y desde allí pueden admirar las vistas a toda la ciudad.

La cena esta amenizada por un chico que toca el violín, un hombre encantador, su saber estar, su educación es de mi agrado. Desde nuestra mesa se divisa toda la ciudad, Izan sabe que me maravillan las luces de la noche, a la vez de la oscuridad del manto que nos cubre, esa luna que es luz allá donde la mires, sus estrellas juguetonas bailan al compás alrededor de ella. En el postre Izan me dice:

— ¿Qué te parece si damos un vuelta por la ciudad?—propone sorprendiéndome gratamente.

— ¿Has pensado en algún lugar en concreto, Izan?

— Déjate llevar, Helena, esta noche conduzco yo—esa respuesta me gustó demasiado.

Salimos del restaurante, en el coche le comento:

— ¿Se puede saber a dónde me llevas?—reconozco que soy un poco impaciente.

Me mira y me sonríe, con esa mirada tan pícara en la que ya percibo lo que va detrás de ella. Se detiene el coche delante de una casa, su estilo es ibicenco, de líneas sencillas y bajamos del coche. Izan llama a la puerta, nos abre una mujer joven, vestida informal con un vestido blanco y largo hasta los pies.

— Pasen por favor, su habitación está preparada, al final de este pasillo, es la número ocho, si necesitan alguna cosa llamen al teléfono, estamos a su disposición. Que tengan una feliz velada.

Entramos en la habitación sin más preguntas, sin más respuestas.

— Helena, encima de la cama hay un bikini, espero haber acertado con la talla, póntelo y vamos fuera a la terraza—todo esto es nuevo para mí y no creo que este sea mi hombre, me lo han cambiado.

Izan se quita la ropa, su cuerpo queda a contraluz, su piel morena lo hace muy atractivo, su culo respingón me roba una sonrisa. Salimos a la terraza, es privada e íntima, delante del porche hay un jacuzzi. Su agua cristalina, burbujeante, invita a bañarse, llaman a la puerta, es un camarero, nos sirve dos *gin tonics,* los deja en la mesa del porche y se marcha. Cogemos nuestras bebidas y vamos al jacuzzi, el agua esta tibia, más bien fresca, nuestros cuerpos se van adaptando a su temperatura.

Susúrrame entre las Piernas

Izan se acerca, me quita el bikini, mi cuerpo queda desnudo en el agua, a merced de sus manos, de la presión del agua. No necesitamos hablar, la tesitura de nuestros ojos es la unión de nuestros cuerpos, el eco de su silencio alborota mi ser, huracán de pasión arrasa mi calma, sabe que estoy sedienta de él.

Soy sirena en tus espacios, anclándome en cada uno de tus puertos, me sumerjo en el agua en busca de tu sexo, lo sujeto entre mis manos, mientras me ahogo en deseos, anhelo la superficie para escuchar los ecos de tus gemidos, de ellos visto mi placer, de tus gozos mi lujuria, y en todo ello desatas mi cordura.

Me levanta sin verme, solo me siente. ¿Qué es esta locura sin razón? Apoya mis manos en la escalerilla de salida del jacuzzi, me da a beber un trago, nuestras gargantas están secas, nuestros jadeos hablan por nosotros y entre ellos te pido que me poseas, que me hagas tuya, como nunca lo he sido. Sube mi cuerpo, lo baja, soy marioneta en sus manos.

Salimos del jacuzzi extasiados, mi cuerpo es relámpago por cada beso tuyo, ahora su lengua es el azote de mi gemido, buscando en mi sexo la llave del placer, bañando su mano con el elixir de lo pedido, de lo exigido. Me da la vuelta, acostado sobre mi espalda, me regala el oro líquido que posee, grito y sus labios me acallan, lloro y besa mis lágrimas. Un vibrante orgasmo recorre nuestros cuerpos, ya sin fuerzas en el césped quedamos.

Entramos en la habitación, cogidos de la mano nos quedamos dormidos. Alboradas, quimeras de madruga, sol naciente en el horizonte, anunciando un nuevo día. Me he despertado, esta vez Izan está sentado en el butacón de la habitación.

— Buenos días, ¿has descansado, Helena?—pregunta comiéndome con la mirada, lo noto, lo siento en cada resquicio de mi piel.

— Buenos días, Izan. Sí, gracias, ¿y tú?—aun después de lo de anoche me sigue intimidando.

— He pedido que traigan el desayuno, hoy no trabajas, desayunamos y salimos. ¿Te parece bien?—me encanta cuando pregunta haciéndome partícipe de sus planes.

— Sí, está bien Izan.

Apenas hablamos en el desayuno, nuestras miradas se cruzan,

sonreímos.

— Helena, escúchame, no sé a dónde vamos, ni sé que es lo que esto conlleva, solo puedo decirte que vivo cada momento que comparto contigo, que te deseo, no sé lo que tú piensas—se está sincerando conmigo. Izan me sorprende tanto con sus palabras, me quedo muda, no las esperaba, no sé qué responderle, pero hablo, necesito que entienda que siento lo mismo.

— Izan, comparto tus palabras y creo que es lo correcto, nada de promesas, sea el destino el que nos lleve por los sendero de la vida.

Salimos del hotel y nos dirigimos a casa, detiene el coche y me da un beso en los labios despidiéndose.

— Hablamos, ¿vale, Helena?

— Sí, Izan.

Solo me apetece desvestirme, tumbarme en el sofá, ver la televisión, sin verla, ausente de todo, escuchar mis palabras y pensar en todo lo que me está sucediendo con tanta pasión.

Susúrrame entre las Piernas

Hoy es domingo, no tengo prisa por levantarme de la cama, me quedo un ratito más, por las rejillas de la ventana percibo la luz del exterior, no he mirado el reloj, no sé qué hora es. Anoche me quedé dormida en el sofá, después de la noche anterior, he descansado lo suficiente.

Se dibuja una curvatura en mi rostro, repleta de sentimientos, en mis labios se posan unas letras que apenas emiten sonido, unas sílabas con fuerza desde mi corazón, silenciosas se desvanecen en el aire, son un suspiro, un anhelo... Izan, sí, Izan...

Lleno la bañera con agua tibia, necesito el mimo de sus burbujas, ese perfume silencioso, esa serenidad que me abraza, haciéndome sentir. Despacio voy introduciendo mis pies, el agua va delineando los contornos de mi cuerpo, mi melena mojada se posa en mis senos, emergiendo a la superficie la excitación de ellos. Me concedo espaciar los tiempos, descifrando el lenguaje de mi piel, explorando mis realidades, el piano los tiempos de sus corchetes reclama.

Desde mi coyuntura brotan resquicios de mi entrega de la noche pasada, fluye por mis venas y las siento río, afluentes bañando mis campos, tórrido recorrido, arrasando allá por donde pasa, desembocando en el lago de mi sexo, aplacando mis deseos, mis gemidos, quedo adormecida por tal vestigio.

Una nueva semana asoma, me arreglo y me dispongo para salir. Camino al trabajo, mi jefe me llama. Temo que va a ser una larga semana. A las cinco de la tarde salgo de mi oficina, no sin pensar que pasaré por la tienda de Izan.

— Buenas tardes, Izan. ¿Cómo estás?

Me mira antes de contestarme, se me hacen eternos esos momentos, me escudriña, siempre tan serio, a veces no sé si está enfadado.

— Bien, Helena, ¿y tú qué tal? ¿Cómo ha ido el fin de semana?

— Tranquilo, necesitaba estar en casa.

Charlamos un rato y me despido de él, tengo que pasar por la tienda a comprar algo para cenar, aunque no me apetece nada. En casa me preparo un sándwich, me siento en el sofá, miro la televisión y me acuesto.

Pasa la semana, Izan y yo hemos compartido buenos

momentos, me agrada conversar con él, no hay tema que desconozca. El viernes por la tarde recibo un *WhatsApp* de Izan: ***"Helena pasa por la tienda esta tarde".*** No puedo evitar reírme, siempre tan escueto.

Al salir del trabajo, paso por la tienda.

— Hola Izan, buenas tardes—saludo con mi habitual educación.

— Hola Helena, mañana por la noche quiero invitarte a cenar—va directo al grano pero no añade nada más.

— Sí, claro, un placer Izan— contesto entusiasmada, poco a poco voy cogiéndole el punto a su carácter.

— Escúchame, vamos a cenar a un sitio especial, mañana por la mañana recibirás un paquete en tu piso, vístete con lo que he comprado para ti—suena a una orden pero yo le contesto con un poco de guasa porque es lo que me inspira a veces con su actitud.

— Ummm… me dejas intrigada Izan—respondo coqueta.

— Ya me conoces, soy así—no hace falta que lo jure, lo voy

conociendo.

A las 11 de la mañana llaman al timbre. Es un repartidor.

Me entrega unas cajas grandes, y otra más pequeña, le firmo el recibo y se va. Estoy nerviosa, desconozco que habrá comprado Izan. Abro una de las cajas, en su interior hay unos zapatos negros con tacón de cristal, preciosos. Abro la otra caja, en su interior hay dos cajitas más, una son unas medias de cristal con encaje, en la otra un conjunto de lencería divino, negro, está esculpido con pequeñas piedrecitas de color rubí, Izan es de gustos exquisitos; también hay un corsé, todo troquelado con hilos de oro, muy fino, nada presuntuoso, debajo hay una falda negra, lisa, no lleva nada, solo una abertura detrás hasta mitad de las piernas.

No sé a dónde me va a llevar a cenar, pero no es la indumentaria rutinaria para una velada en un restaurante normal. Son las ocho de la tarde, llaman al timbre. Miro el reloj divertida, la puntualidad nunca falla.

— Hola Helena, preciosa, ese corsé realza tu belleza si cabe. Ven acércate—me admira embelesado como si fuese una obra de arte—Date la vuelta— pone en mi cuello un precioso collar de perlas.

Izan lleva una camisa negra de seda perlada, unos pantalones negros ajustados, su cuerpo invita al pecado, solo con mirarle mi cuerpo habla.

Llegamos a un restaurante que deduzco privado, en la entrada nos atiende un caballero.

— Adelante Señores, pasen, tienen su mesa reservada.

No hay más de veinte mesas, redondas, con un mantel rojo, encima de la servilleta hay tres rosas azules, Izan las ha comprado para mí, son mis preferidas. En una esquina de la sala hay un piano de cola, negro nácar, al escuchar sus notas me detengo, es un instrumento que me fascina. Ha pensado en cada detalle.

La cena transcurre apacible, comentando como ha sido nuestra semana, cosas triviales del día a día. A la hora del postre, Izan me comenta:

— Esta noche te voy a llevar a conocer un lugar, solo te pido que veas lo que veas, confía en mí.—Sus palabras me ponen un tanto nerviosa y lo miro boquiabierta— Helena, ¿tú confías en mí, verdad?—parece ansioso esperando mi respuesta.

— Sí, Izan. Confió en ti—solo he de mirarlo a los ojos para saber que iría al final del mundo con él.

Tómanos café y salimos del restaurante. Detiene el coche delante de un palacete, su estructura es barroca, no es muy alto, tiene un torreón que llama mi atención, es un lugar con mucha belleza. Iluminan su fachada unas luces azules, más bien discretas.

Izan llama a la puerta, nos abre un guardia de seguridad que le entrega una tarjeta.

— Pasen por favor, les están esperando—curiosa voy mirando todo a mi alrededor, prestando total interés y por supuesto no me separo de mi hombre.

Nos atiende una mujer muy bella, nos dice que nos va a enseñar el palacete, la verdad me extraña. Por el camino veo a varias parejas, en una parte de la entrada hay una sala que parece ser una discoteca, la mujer nos conduce a ella, desde sus ventanales puedo ver una gran piscina rodeada de césped, desde la misma sala de la discoteca, hay una habitación contigua, es muy acogedora, con chimenea, sofás, más bien para el invierno. Subimos una escalera que nos lleva a la segunda planta, en una de las salas hay un piano de cola, esta vez blanco, parece que es la noche de los pianos me digo a mi misma. Me doy cuenta que en todas las salas hay sofás de cuero, y camas de gran tamaño. En la tercera planta hay una barra y más camas y sofás, desde allí diviso una terraza descubierta. La guía se marcha no sin antes decir:

— Señores, lo que deseen pídanlo por favor. Les deseo una agradable velada.

Izan me coge de la mano y salimos a la terraza, entre sus manos recoge mi rostro.

— Helena, recuerda lo que hemos hablado —Asiento con la cabeza, me está asustando un poco.

Pasada la medianoche, veo como las parejas se van desnudando, las mujeres quedan en lencería, y los caballeros en bóxer. Mis ojos se abren sorprendidos y mi corazón empieza a latir con fuerza.

— Izan, ¿dónde estamos?—le susurro para que los demás no

me oigan.

— Helena, mírame, confía en mí, nada va a pasar si tú no quieres que pase.

Ahora entiendo, me ha llevado a un club *swinger*, ahora encaja todo, quiero salir corriendo de allí, al mirar mi rostro Izan me dice:

— Tranquila, cielo—ese apelativo cariñoso hace que mi cuerpo se resista a huir.

Sé que puedo confiar en él. Me dirige a una sala donde hay unas taquillas, me ordena que me quite la ropa y me quede con la lencería, el collar de perlas y los zapatos. Me desnudo, Izan también, me coge de la mano y comenzamos a recorrer las salas, veo a parejas haciendo el amor, a otras más que hacer el amor se están follando.

Aprieto fuerte la mano de Izan, me mira y sonríe, sus ojos han vestido de lujuria, esa luz tan característica en él, le delata. Se detiene ante unas parejas, sus manos se posan en mis senos, me pongo erguida, en mi oído escucho, *"no pasa nada"*. Aprieto mi cuerpo contra el suyo, en mi espalda siento como crece exuberante su sexo, las luces de la instancia conllevan a ello.

— Ven, Helena, vamos—me insta.

Vamos pasando por delante de las habitaciones y se escucha a las parejas sin pudor alguno. Ya en la planta principal, bajamos unas escaleras, aquí no habíamos llegado antes, está decorada como una mazmorra en una de sus habitaciones, pasamos por delante y me estremezco al ver la escena.

La siguiente habitación es pequeña, entramos en ella, y busco la puerta para cerrarla. Se puede cerrar pero solo consta de unos barrotes de hierro, a un lado de la sala hay una cama, una mesita con aceites perfumados y en mitad de la habitación hay un columpio, como mínimo despierta curiosidad en mí.

Izan baja la intensidad de la luz, quedamos en penumbra y nuestros cuerpos quedan a trasluz sin ser definidos. Se coloca detrás de mía, empieza a besar mis hombros, con sus labios baja la tira de mi sujetador, sus manos ya lo han desabrochado, mis senos quedan a su merced, los aprieta fuerte, un pequeño grito se escapa de mi garganta.

— Helena, aquí no pasa nada si gritas, es lo normal—me

aconseja para que dé rienda suelta a placer.

Ojalá pudiera verme. Me invade el calor, sigue besando mi espalda a la vez que baja con su lengua hasta el inicio de mi trasero, que comienza a darle pequeños mordiscos, poco a poco me voy dejando llevar, me aíslo de lo que me rodea y así se lo hago saber cuándo su cara se introduce entre mis muslos, empieza a saborear los fluidos de mi deseo, bañándole, sube despacio, contorneando mi cuerpo, arrebatándome mis labios con mordiscos, con muerdos, la lujuria va invadiendo nuestros cuerpos.

Me da la vuelta, ante él, mis manos ávidas buscan su sexo, reconozco que Izan está muy bien dotado, lo acaricio, y se estremece, me agacho de rodillas, hambrienta y sedienta, son mis labios los que ahora se sacian, su cuerpo vibra. La sangre en nuestros cuerpos nos abrasa, desconozco donde estoy y sé que hay parejas mirando, la pasión me hace perder el sentido.

Izan me coge por la cintura, y me acerca al columpio. No es un columpio normal, es más estrecho de lo común. Me sube, el columpio mece mi cuerpo, mis piernas están abiertas, quedo expuesta para Izan. En uno de los vaivenes, comienza el juego, apenas introduce su miembro erecto, ello hace que implore con gemidos, pidiéndole que no me torture, juega conmigo a su merced, apenas entra y sale, me está matando, me estoy muriendo. Él, sabedor de ello, se posiciona detrás de mí, atrapa mis pechos, los pellizca, mis labios exclaman gozos. Vuelve a colocarse delante de mí, coge el columpio y ahora con fuerza me posee, grito sin poder contenerme. Un orgasmo sacude todo mi cuerpo.

— Siéntelo Helena, siéntelo y disfruta—dice junto a mi oído.

Me baja del columpio y me extiende en la cama, sabe que sus palabras en mis oídos son elixir del placer. Me posee de nuevo, esta vez buscando la sensualidad, atrapando los sentidos, venerando a la mujer, que se ha rendido ante él. Esta vez llegamos juntos a la cumbre, simbiosis de nuestros cuerpos, nos fusionamos al unísono en un nuevo orgasmo por los dos deseado.

Salimos de allí, abrazados y sonriendo. Mereció la pena confiar en su palabra. No sé si volveremos, sé que de ese palacete hemos salido más unidos.

<<*Voy a vivir el presente, el futuro ya llegara…*>>

Llueve semen en mi jardín

Artza Bastard

*"Dedico este enorme trozo de mierda a cualquier persona
a la que le falte un tornillo".*

Susúrrame entre las Piernas

1. Pre-pucio

Llueve semen en mi jardín, como lágrimas espesas de dolor concentrado, mezclándose con los copos de nieve que caen al anochecer, que, al impactar contra el suelo, suenan como pequeños gritos de auxilio que nadie quiere oír. Me abrazo a la soledad mientras me sacuden los últimos espasmos, que van muriendo poco a poco, hasta abandonarme por completo ante mi deprimente cargo de conciencia. Me despatarro en la cama entre los antiguos vestigios de pasados frenesís onanistas de los que no me separaré jamás, como un cerdo que se revuelca en su propia mierda y disfruta de su inmundicia. Me topo con la suplicante mirada de mi cipote, que me mira con su agujerillo lloroso mientras se desinfla y pierde toda su energía, implorando por una muerte digna y rápida, ya que las esperanzas de tener una vida decente han desaparecido de su mente, mientras se resguarda una vez más en su madriguera acompañado de sus amigas las venéreas. Empiezo a llorar, esta vez por los ojos, sin poder hacer frente al aluvión de mensajes hostiles y deprimentes con las que mi mente me ametralla, demostrando una vez más que no hacen falta enemigos cuando te odias a ti mismo. Me levanto a duras penas de la cama, tropezando con un montón de botellas de whisky vacías y me asomo por la destartalada ventana de mi habitación, que no tiene ni un solo cristal entero. El aire que se respira me sienta realmente bien, me refresca un poco la mente y se lleva consigo mis lágrimas que, aunque sean minúsculas, suponen un peso insoportable para mi alma. Encuentro la compostura suficiente como para salir a la cornisa y tirarme al vacío ayudado por un suave "salta" que mis demonios me susurran al oído, para caer al suelo como un saco desnudo y mohoso lleno de mierda. No muero con el golpe, obviamente, porque saltar de un primero a una montaña de basura no te deja ni un simple rasguño, pero me quedo inmóvil en el suelo, incapaz de mover un músculo por culpa de mi deteriorada salud mental. Mejor. Así me quedaré aquí esperando que la muerte venga a ponerle fin a todos mis problemas. Con el frío que hace en este puto invierno seguro que llega enseguida. Creo que es el mejor plan. Además, empiezo a estar cansado... Voy a intentar dormir un poco...

2. Nacer solo sirve para morir

Cuando despierto estoy sobre una habitación casi tan destartalada como la mía, volando sobre ella como un ente fantasmal y omnipitudo, espiando como un sucio voyeur lo que ocurre entre esas cuatro paredes. Veo a un hombre, visiblemente borracho, quitando las alpargatas a una mujer, notablemente alcoholizada, y lamiendo los dedos de sus pies con máxima delicadeza. Empieza a subir por las piernas, despacito, barriendo con su lengua todos los pelos que se encuentra en su camino, hasta llegar a la zona de la entrepierna y desenvolver ese regalo húmedo brindado por los dioses. Siente el maravilloso calor que desprende su coño al quitarle las bragas con la boca, que se cuela por su nariz hasta su alma, y que pone en marcha las poleas que hacen funcionar la maquinaria escrotal. Su rabo se pone tan duro que intenta escapar a gritos de su mazmorra y da el primer aviso haciendo saltar por los aires el primer botón del pantalón. La lengua de Él recorre los labios buscando el clítoris, que lo encuentra inundado de placer, mientras Ella le clava las garras en su cráneo y aprieta las piernas, hasta casi explotarle la sien. Ella le saca la cabeza de entre las piernas, y se encamina hacia su nardo, reptando entre las sabanas como una lasciva culebrilla. Lo encuentra y lo saca de los calzoncillos, mientras escupe en el glande y se lo mete en la boca. Acaricia todo el miembro con la lengua, lamiendo también sus arrugadas pelotillas y saboreando toda su zona fálica con aroma a requesón. Él está a punto de perder el sentido, así que le aparta rápidamente antes de descargar, para ponerla en la única postura políticamente correcta de la época y empezar a follar salvajemente. Me estoy poniendo un poco cachondo, la verdad, si no fuera un espectro sin genitales ya me la estaría cascando, aunque algo dentro de mí me dice que esta escena me debería resultar *familiar*, y que masturbarme con la imagen de mis padres fornicando para engendrarme es horrorosamente perturbador. Que asco... no me había dado cuenta. Con la de veces que me habían contado esta historia (bueno, no exactamente esta parte), pero, coño, debería haberlo visto venir. Joder... un trauma más para la colección.

Después de un buen rato de *follisquearse* mutuamente y, justo cuando la *eyácula* va a ser derramada, me transporto dentro del escroto de mi padre, donde, junto a un gran número de luchadores *eskrotislavos*, inicio mi brutal carrera hasta la fortaleza *clitoriana* en la que mi ADN de engendro se mezcla con genes de ser humano para gestar la enorme abominación que soy hoy. Estos sí que eran tiempos felices, tiempos de paz. Sin traumas, sin problemas mentales, sin depresiones, sin una conciencia llena de bilis que te hunde en la mierda a cada paso.

Solo un feto aberrante y sin cerebro que espera plácidamente a que empiece su apocalipsis personal.

Esa espera culmina con el nacimiento de un ser despreciable y repulsivo, que apenas consigue sobrevivir lo justo para llegar al final del día. Una patética aglomeración de deshechos inhumanos puestos al servicio de la completa ignorancia. Como un saco de mierda que se tira por un rascacielos, que pasa su existencia cayendo al vacío y que al llegar ensucia a todos los que están cerca. Es una buena definición de mi vida, la verdad, aunque me duela admitirlo. Mi infancia fue relativamente feliz, o eso creo, ya que hay muchas cosas que no recuerdo, perdidos en el mapa de la memoria o exterminados bajo el deterioro de mi cerebro toxicómano. Supongo que fue la época más agradable, aunque fue cuando se crearon todos mis traumas, mis miedos irracionales y absurdos que poco a poco fueron cogiendo conciencia dentro de mí y se convirtieron en los demonios que hoy me acompañan.

xxxxxxxxxxxxxxxxxxxx

La siguiente escena que visito en calidad de mirón tiene como protagonista a un niño pervertido y con cara de loco, que solo puede tratarse de mí. Estoy jugando con mis mejores amigas de aquel entonces, las ratas muertas, toqueteando sus genitales cadavéricos y experimentando con ellos. Me acuerdo de esto porque una de ellas no estaba muerta de verdad y me pegó un mordisco de la ostia. Me contagió de todo, estuve a punto de morir. Me pusieron un montón de vacunas y me encerraron en mi habitación, como si fuera un leproso cualquiera que solo visitaban para darle los alimentos y los chutes necesarios para que no se muriera allí mismo. Y nada más. Tuve que aprender a divertirme por mi cuenta, creando amigos imaginarios con los que no conseguía llevarme bien y fantasías absurdas en las que nunca salía bien parado. Pasé años en esa sucia mazmorra, sin saber siquiera cómo suicidarme, hasta que descubrí las pajas. Eso sí que fue un hito en mi vida. Algo que podía hacer sin la ayuda de nadie, que me sentaba bien y que me ayudaba a sacar todo el veneno que guardaba dentro. Sucedió de manera natural, me puse a mirar unas revistas que le robé a mi padre cuando era niño y sentí la llamada de la naturaleza. Tenía un par de Playboys y un par de Jara y Sedal y, obviamente, elegí la que alberga a esos seres maravillosos tan místicos como excitantes que son los animales. Había una gacela, grácil y majestuosa, persiguiendo a un cocodrilo (o eso creo), que me miraba con su ojo trasero, como si fuera una lente celestial que se mete dentro de ti y te revela cuál es tu misión. Yo la mía la cumplí religiosamente todos los días y todas las noches, sin faltar nunca mi designio divino, hasta tal punto que la revista se convirtió en piedra santa de tantas poluciones voluntarias.

xxxxxxxxxxxxxxxxxxxxxx

Las imágenes de mi mente se perturban y fusionan, cambian con el tiempo. Sin que siga una línea temporal clara, me transporto entre las experiencias odiosas y los recuerdos de mierda que componen mi vida. Ahora vuelvo a estar en la calle, solo que con más granos en la cara y más pelo en las pelotas, pero con la misma falta de cerebro, bebiendo una litrona sentado en una esquina. Espero a que vengan "mis colegas", que, a pesar de que les llame así, no lo son. Solo son gente que todavía no me odia lo suficiente como para expulsarme del grupo, cosa que aprovecho para beber con ellos y no sentirme solo, hasta que estoy tan borracho que me da todo igual y me pierdo con mi locura. Me acuerdo de esta noche. Tardaron tanto que para cuando llegaron ya me había ido a vomitar a otro lado. Y, como lo suponía, ahí voy, dando tumbos a cualquier esquina apartada, para soltar en paz todas mis entrañas y entrar en un estado de coma cerebral, que es interrumpido (después de un buen rato) por una preciosa muchacha preocupada por mi aspecto de cadáver prematuro.

— Estás hecho mierda, tío, ¿sobrevivirás?

— Supongo...

— ¿Y tus amigos? ¿No deberían estar contigo?

— Mis únicas amigas son las ratas. ¿Y las tuyas? ¿Dónde están tus colegas?

— A mí ni las ratas me soportan.

— Pues a mí me falta mucho para llegar a ser una rata. Podría funcionar.

— Podría... ¿Quieres dar una vuelta a ver si te aireas las neuronas?

— Vale... intentaré no morirme por el camino.

Damos un paseo por la playa, que casualmente está justo al lado de la zona de bares. Aprovecho que estoy hecho mierda para, con la excusa de no caerme de morros, cogerla de la mano y olvidarme de mis problemas. Ella accede y nos vamos alejando del barullo poco a poco, hasta llegar a una parte en la que no hay ningún signo de vida. Nos tumbamos en la arena y comenzamos a besarnos. Se me empieza a poner dura enseguida, sobre todo cuando mete su mano en mis pantalones, y, por un momento, siento miedo de no dar la talla. Eso me tensa un poco y me quedo un instante pensando en mi mundo, lo que Ella aprovecha para acercarse a mi paquete y mordisquearme los huevos. Se mete mi polla en la boca, la lame por todos lados y se la traga hasta el fondo. Me mira con cara pícara, buscándome con los ojos, pero solo se encuentra a un cenutrio con los ojos en blanco que no es capaz ni de cerrar la boca para no babear. Al ver el percal, me pega un tortazo en toda la cara que me tira al suelo. Se levanta, se quita las bragas y se sienta en mi cara. Empiezo a lamerle el coño como si tuviera alguna idea remota de lo que tengo que hacer, que, aunque no la tenga, parece que funciona. Ella empieza a revolverse, a temblar sobre mi cara y a gemir suavemente como una auténtica maravilla, que me pone más *pitudo* de lo que he estado nunca. La aparto como puedo, me pongo un condón que seguramente lleve siglos caducado, y empiezo a acariciar su raja con mi glande suavemente, para después penetrarla poco a poco. Nos ponemos con el baile del ciempiés humano, al ritmo del bombo que mi escroto y sus nalgas crean al golpearse, acelerando a cada compás y convirtiendo algo místico y precioso en algo descoordinado y compulsivo. Llegamos al clímax, sudando como bestias, y, justo en el mismo momento de correrme, me entran unas arcadas incontrolables que hacen que pote sobre su espalda. Cuando se da cuenta me mira con una cara de odio que me aterra, pero cuando me acerco para pedirle perdón me vomita en toda la cara. Aún hoy puedo sentir sus tropezones en mi boca. Como era de esperar, nos fuimos cada uno por su lado y no nos volvimos a ver.

xxxxxxxxxxxxxxxxxxxxx

Luces extrañas empiezan a revolver mi cerebro, buscando en mi subconsciente algo a lo que aferrarse. Empiezo a ver sombras, oír lamentos y a sentir punzadas en todos los rincones de mi mente. Las imágenes que veo empiezan a distorsionarse un poco, supongo que es porque me toca revivir mis épocas de mayor alcoholismo. Me encuentro a mí mismo tirado como una garrapata sobre el sofá de mi casa, mi *gotorleku*, mi caverna; fumándome el subsidio en papeles de L mientras me masturbo viendo películas gore y documentales de La 2. Bebo hasta la

67

total aniquilación de mis neuronas, que tienen la suerte de pasar a mejor vida mucho antes de que llegue el colapso de mi organismo, librándose de sufrir la lenta pero inevitable decadencia de mi cuerpo. Vivo prácticamente en la inmundicia. Hasta un vertedero sería un lugar más habitable que este, al menos habría más normas de higiene que en este antro en el que malvivo. Desde la posición privilegiada que me otorga estar sobrevolando la escena, puedo apreciar cómo se están creando costras que unen mi piel con la mugre que habita en mi sofá, haciéndome uno con la naturaleza muerta que me acompaña. También puedo ver cómo me rasco las pelotas eternamente, sin hacer otra cosa que luchar para respirar entre tanto humo, aunque, claro, no me hacía falta verlo, porque lo he vivido en mis carnes. Lo que no sé es por qué tengo que revivir todas las putas mierdas que he hecho hasta ahora. Como si tuviera algún interés para alguien, si no me importa ni a mí.

Parece que hay movimiento en la sala. Para cuando me doy cuenta he empezado a desplazar toda la basura a otra habitación y a intentar adecentar lo inadecentable. Es gracioso verme todo *eskizo* de repente, corriendo de un lado a otro cargando con toda la mierda, sin malgastar ni un segundo en descansar o pensar en lo que estoy haciendo. No hay duda, este inusual arrebato contra la indigencia solo puede estar causado por una cosa: estoy esperando un coño. Me echo una *duchaja* rápida, para evitar posibles riegos prematuros, machacando sin clemencia al puto calvo para que segregue su particular sangre blanca. Me pongo mis habituales gayumbos agujereados del revés, por culpa de los nervios y las prisas, me embuto en unos pantalones llenos de mierda y me pongo la camiseta más *kinki* que tenga, una tan desgastada que se transparentan hasta mis costillas. Intento parecer lo más decente posible (cosa harto difícil, ya que mi elegancia reside en la falta de elegancia), como si para ligar bastara con la ropa y las apariencias y no importara más mi cara de puto perturbado mental que asusta a todo el mundo. Salgo de la habitación camino al baño justo cuando suena el timbre. Vaya... ahora además de no correrme precozmente tendré que intentar no cagarme vivo.

Abro la puerta con cinco kilos de mariposas muertas en mi estómago y con un inquietante cosquilleo en el *ojaldre*. Y allí está Ella, tan rara como preciosa, mirándome con sus pícaros ojos rojos y sus rastas. Es una mujer increíble... Lleva esos pantalones de cuero que tanto me gusta quitar, además de su agujereada camiseta de Eyaculación Post-Mortem que a veces permite que algún pezón salga a investigar el exterior. Me aparto un poco para que pueda pasar, pero no demasiado, para poder absorber bien su aroma de mujer salvaje, mientras Ella menea sus caderas hacia el interior de la casa. Se sienta y saca un par de birras. Me pasa una a mí, que todavía estoy medio atontado por su presencia, y empezamos a charlar. Hablamos sobre música, bebemos, nos besamos, bailamos, nos drogamos, reímos, jugamos, fumamos... Las horas pasan volando. Tanto, que el sol nos sorprende por la mañana mientras seguimos con los pre-preliminares. La gran bola de fuego tiene una boca igual de *glande*, desde la que nos grita la frase "¡a follar!" una y otra vez. Nos miramos con una mezcla entre asombro y lujuria, nos cogemos de la mano y vamos corriendo a mi habitación. Cuando llegamos me tira bruscamente contra la cama y se tira encima de mí. Los gritos del sol siguen entrando por la ventana y nos mira con cara de pervertido, así que decidimos dejarle mirar y que se deleite con nuestra suciedad. Tiempo después supe que no se trataba del sol, sino un vecino del edificio de enfrente, y que no gritaba para nada lo que nosotros creíamos, pero esa es otra historia que ahora mismo no viene al caso. Estamos serpenteando entre las sabanas intentando no rompernos el espinazo haciendo un 69, de manera que los dos podemos sentir el hedor que sale de nuestros anos. Yo me hundo por completo en el abismo de su *genitalia*, llenándome la cara con sus flujos hasta el punto de no poder respirar, que es cuando doy lo mejor de mí, inmerso en mis espasmos esquizofrénicos. Ella, por su parte, se entretiene relamiendo mi paquete, desde la zona del *bacon* hasta la puntita, causándome escalofríos cada vez que su lengua toca mi piel. Aguantamos un rato en esta postura, hasta que casi pierdo el sentido y me aparto de ella a punto de morir. Me pongo a cuatro patas, preparado para expulsar el alma por la boca, momento que ella aprovecha para darme unos azotes con un cinturón de pinchos que encuentra en el suelo. Dice que no va a parar hasta hacerme sangrar, sin que importen una mierda mis gritos, y me revienta las nalgas con todas sus fuerzas. Duele un huevo, pero al menos ha hecho que me olvide de las arcadas. Me doy la vuelta y me despatarro ante ella, para que me dé un latigazo en los cojones, sin pensarlo demasiado, claro, ya que se me clava uno de los pinchos en el escroto y empieza a sangrar profusamente. Le digo que me importa una puta mierda al mismo tiempo que cojo el cinturón y me lo pongo en el cuello para que pueda estrangularme. Ella me mira con lascivia, agradada por la idea y empieza a apretar poco a poco. Con una mano me estruja el pescuezo mientras con la otra se toquetea el clítoris. Yo intento cascármela como puedo, aunque tengo que admitir que me cuesta bastante por la presión ascendente que siento. Ella aprovecha que estoy agonizando con la boca abierta para meterme sus pringosos deditos en la boca, que yo lamo como si fuera el manjar más preciado de todo el puto mundo. Viendo que mi cara empieza a ponerse del mismo color que mi glande decide soltar el cinturón y darme un respiro, supongo que porque descuartizar y ocultar un cadáver no entra en sus planes para hoy. Yo aprovecho para buscar un condón en mis cajones, pero ella me detiene diciendo que le importa una puta mierda así que volvemos a la carga. Se tumba encima de mí de un salto y empieza a cabalgarme al ritmo demente de una canción *psycho*. Me agarra el rabo con fuerza y se la mete hasta el fondo. Los dos nos inundamos de placer mientras bombeamos progresivamente, *astiro ta amorruz*, empezando suavemente y acabando como putos locos. Nos damos la vuelta, me tumbo sobre ella y se la vuelvo a meter entre sudores y gemidos. Seguimos bailando en la cama mientras sube la temperatura y los golpes y los espasmos aumentan de intensidad. Le lamo el sudor salado que le baja del cuello y le llega hasta las tetas y pierdo la cordura recorriendo con mi lengua sus duros pezones con sabor a morfina. Hundo mi pulgoso cuerpo de escombro en sus redondas curvas de algodón, dando forma a una bola de carne y fluidos que rebota por todos los lados antes de culminar en un géiser abrasador que revienta todo a su paso. Después de la explosión nos quedamos los dos tirados por los suelos, agonizando, sin poder mover un puto músculo por el cansancio y el exceso de fricción. Decidimos dejarnos morir en nuestro despatarre y volver a la carga con un nuevo amanecer.

La verdad es que fue una noche mágica. Durante un tiempo congeniamos bastante bien, quedábamos para salir, nos entendíamos, nos divertíamos, nos cuidábamos, nos follábamos... Fue la ostia. Teníamos los mismos gustos, los mismos intereses, las mismas perversiones. Pero no duró. Nada dura. Nadie dura. Todo el mundo sale huyendo cuando descubre mi auténtica personalidad, deseando no volver a cruzarse jamás con semejante espécimen. Un día, sin más, se cansó de mis chorradas y decidió mandarme a la mierda. No la culpo, solo era cuestión de tiempo. Solo deseo que no haya acabado con otro *desgraciau* como yo, porque me imagino que juntarse con alguien peor que yo es prácticamente imposible.

Quizá decidió seguir su camino sola, sin tener que soportar a ningún despojo que le amargara la vida. Quién sabe... A veces me pregunto qué fue de Ella, a veces me gustaría saber dónde estará. A veces...

A veces solo quiero pegarme un tiro.

xxxxxxxxxxxxxxxxxxx

La memoria vuelve a agitarse una vez más, transportándome de un lugar a otro, enseñándome cosas que no me interesan en absoluto y trayendo a la superficie pasajes que estaban olvidados y profundamente enterrados. Ahora estoy en un mugroso bar de Bilbi, más entrado en la adultez (ya que decir madurez sería ser demasiado generoso), en los míticos bares de *gaupaseros* que abren a partir de las 6 de la madrugada y en los que ni siquiera ponen música, pero que son los zulos idóneos para los que no tenemos donde caernos muertos, ni los que, por culpa de este puto spiz revienta cerebros, no podríamos dormir ni disparándonos con una escopeta. Me estoy poniendo unas filas en la misma barra, en la cara de un camarero con una mandíbula indomable que me mira mal solo porque no le he ofrecido una. Que se joda... Bastante me está estafando con una

74

botella de pis de rata caliente por la que me ha clavado tres euros. Le hago un gesto para que me saque otra, a pesar de haberme dicho a mí mismo que no volvería a picar, y me meto el tiro que me entra hasta el fondo del cráneo. Le doy un trago al sacrilegio al que se atreven a llamar cerveza, para intentar empujar el veneno hacia abajo, que se desliza por mi garganta como si fuera un gramo de afiladas chinchetas. Cierro los ojos inconscientemente por culpa del dolor y, al abrirlos de nuevo, entre las luces psicodélicas y cegadoras me fijo en una muchacha que está a pocos metros de mí, sentada también a este lado de la barra y con aspecto de estar en otro planeta. Es bastante guapa y, teniendo en cuenta las horas que son, decido hacer una última intentona a la desesperada. Le digo hola todo lo cálidamente que me permite la voz de cadáver que tengo e intento entablar una conversación como toma de contacto, para saber si puede tener algún interés en mí o no. Es difícil saberlo, la verdad, porque con el *zartako* que lleva encima le cuesta concentrarse en algo que no sea su propia *estupefaciencia*, pero parece que le agrada mi presencia o, al menos, no le molesta. Empiezo a hablar de temas banales que quizá le interesen, como la música, el cine o la zoofilia, pero es casi imposible entender algo con tanto ruido y tanta droga. Tampoco parece que a Ella le importe demasiado, se la ve feliz en su mundo, pero yo necesito hablar y fumar más de lo que necesito respirar así que me levanto y le digo que me voy fuera, con la esperanza de que me acompañe.

Una vez en la calle, me veo tan solo como me siento, pero decido no volver a ese maldito infierno y quedarme a echar un cigarro para que el frío congele mis neuronas, a ver si eso me baja un poco el colocón. La depresión se apodera de mí y medito la idea de largarme a mi puta casa a morir en paz, cuando veo salir del bar a la mujer de antes dando tumbos y con cara de haber corrido una maratón solo para poder salir de allí. Me sonríe cuando me ve y, aunque casi se cae de morros un par de veces, conseguimos subir por las típicas escaleras repletas de yonkis hasta un lugar un poco más apartado. Pasamos un rato hablando, aunque la verdad es que seguimos sin entendernos. Yo voy a mil por hora, no sé ni lo que digo ni lo que quiero decir y no creo que haya dicho nada con sentido en toda la noche; si me apuras, en toda la vida. Ella tampoco se aclara mucho, dice cosas inconexas, frases sueltas, locuras. No para de reírse, lo que me encanta, me hace sentir un poco mejor con mi mierda de vida. Intentamos charlar un poco más, pero cuando vemos que no somos capaces ni de quedarnos con nuestros respectivos nombres decidimos ponernos con algo más productivo. Nos besamos y, para mi sorpresa, sabe realmente bien. No es como liarse con un cenicero andante, que suele ser lo típico a estas horas, sino todo lo contrario. Sus labios saben a demencia, a fuego, a cadáveres de fresa con pepitas de suicidio. Mis manos arden al exponerlos al calor de su piel, pero es tan agradable que prefiero quedarme sin ellas que quedarme sin probar su delicia. Total, para lo que las uso, aprendería a masturbarme con las piernas y a cascarla (nunca mejor dicho). En un momento empieza a hurgar en sus bolsillos y yo, estúpidamente, pienso que se ha equivocado de piernas buscando las mías, pero saca una bolsita del pantalón con unos tripis en ella. Se pone uno en la lengua y me dice que lo coja con un sutil guiño de ojos, cosa que hago inmediatamente sin pensar ni medio segundo. Seguimos comiéndonos mutuamente durante un rato, oliéndonos, fundiéndonos, gustándonos, mientras poco a poco nuestro cerebro va asimilando las substancias que se cuelan en nuestro organismo intentando confundirlo. Mis sentidos se vuelven engañosos, me guío más por sombras y luces que por formas concretas, y me cuesta darme cuenta de si lo que estoy tocando es una mano o una teta. Pero sigo adelante. Con el tiempo me acostumbro un poco y recobro un poco la cordura. Aterrizo un poco, lo justo para sorprenderme de que estemos ya completamente desnudos y de que tenga un condón puesto para ponerme glande a la obra. Saca otro par de cartones de su bolsa, para que el viaje sea más espectacular y se me sienta encima, aplastándome las bolas con sus muslos. Se frota el chichi contra mi polla durante un buen rato, porque está como el puto hocico de Alf, tan arrugado y asustado que le cuesta ponerse dura. Pero cuando la necesidad aprieta el engendro acaba despertando. Me la agarra con la mano y se la mete en su coño deliciosamente húmedo. Cabalgamos. Despacio, suave, en maravillosa armonía de gemidos y movimientos. Poco a poco nos vamos calentando, subiendo de temperatura y volviéndonos más locos. Follamos. Rápido, con ansia, presos de una enfermedad que pide más y más, cada vez más fuerte, cada vez más rápido, cada vez más. Me dan mareos a veces, supongo que por estar viviendo en dos mundos a la vez, pero intento no pensar demasiado para que la hipnótica mecánica de nuestros cuerpos calme mi alma. Pero qué va...

Susúrrame entre las Piernas

Se levanta para cambiar de postura, se apoya sobre un banco cercano y se me insinúa para que la penetre como el sucio perro sarnoso que soy. Y es en ese instante, en el que noto la mirada de su ojete, que me recuerda aquel ojo divino que me protegía en aquellas noches de onanismo *salvaje*, en el que pierdo la cabeza por completo. Pierdo toda noción del espacio en el que me encuentro, todo se derrumba: las calles, las casas, mi cordura... Flotamos en una nube que se crea y desintegra a la misma velocidad. Oigo chillidos y ruidos raros que no consigo identificar, básicamente porque no puedo ver nada aparte de mi cuerpo pudriéndose sobre esta mierda flotante. Bueno, también puedo ver esas preciosas piernas bailando al son de la nada, contoneándose como un péndulo con olor a canto de sirena. Me acerco lentamente, hasta estar a la distancia reglamentaria, pero no consigo metérsela por mucho que lo intento. Miro a mi entrepierna y me encuentro que en vez de un rabo tengo cinco y que se mueven independientemente como gusanos venosos de cabezón púrpura. Intento agarrar a uno de ellos, pero no puedo, como si mis manos fueran de humo, que se desvanecen al mínimo movimiento. Esto es raro, al menos uno de esos cinco debería ser mío. O quizá no, no lo sé... Decido dejar de pensar en chorradas y acercarme a Ella, pero tampoco puedo tocarla; es como si estuviera hecha de lumbre y yo de humo. Me agazapo justo debajo de su coño para ver si al menos mi lengua funciona pero me quedo maravillado por la amplitud y la profundidad del agujero. Meto la cabeza dentro, como quien se mete a hurtadillas en un trastero y enciendo la luz usando la campanilla como interruptor. Se respira bastante tranquilidad aquí dentro, además del lógico olor a esquizofrenia que inunda toda la estancia y que me relaja aún más. Me adentro poco a poco en esta mágica caja de sorpresas, alimentándome de las sensaciones que chorrean las paredes vaginales, hasta que un ruido extraño me deja paralizado. Siento como se acerca hacia mí, se oyen pisadas rápidas y cada vez más cercanas que me hielan la sangre. Decido cerrar los ojos para no tener que mirarle a la muerte a la cara y aguanto la respiración durante unos interminables instantes. Parece que era una falsa alarma, ya que todavía no he muerto y no siento ninguna presencia hostil. Pero al abrir los ojos me encuentro cara a cara con un monstruo deformado y desfigurado, con el cráneo abierto, la cara derretida y con los ojos y la boca cosidas con cuerdas de piano, de modo que al intentar chillar se tensan y emiten una melodía terroríficamente punzante. Salgo escopetado del interior del coño como alma que lleva el diablo entre las piernas, pero no veo nada, solo sangre. Estoy completamente cubierto de sangre menstrual, empezando desde la cabeza hasta los pies, para subir por la espalda hasta llegar otra vez a mi cabeza. Un torrente ovular que me trastorna a la vez que me protege. Trato de escapar de este loco torbellino como sea, pero el río rojo nunca para de fluir. Me trago toda la sangre, que tiene un delicioso sabor a fetos muertos, y noto como me baja directamente a mi polla. Ahora sí que está dura, ahora sí que puedo sentirla. Lo que no puedo es controlarla. Tiene vida propia el cabrón y no parece querer hacerle caso a una desgracia humana como yo. Intento agarrarlo, apoderarme de él, pero el muy jodido me pega un mordisco que casi me arranca un brazo. Qué ostias... no recuerdo que hubiera dientes ahí... Supongo que será producto de los ríos de LSD que corren por mis venas, pero, joder, duele de verdad. Intento centrarme, tratando de pensar en qué coño puede estar pasando, en vez de fiarme de lo que veo que está pasando. Pero la abominable bestia sigue mordiendo como un poseso, ajena a mis pensamientos, comiéndose mis piernas, mi escroto, mis entrañas, mi alma y mi cerebro. No ha dejado nada vivo el cabrón, me ha desintegrado...

Susúrrame entre las Piernas

xxxxxxxxxxxxxxxxxxxx

Abro los ojos y solo veo oscuridad, los cierro y se hace la luz. No sé dónde estoy, no sé qué me pasa. No puedo separar la realidad de la ficción, los recuerdos de las paranoias, la cordura de la demencia. No siento mi cuerpo, como si hubiera trascendido a una forma más sofisticada y mejorada, una en la que mi ruinoso cuerpo físico no sea un lastre para mi mente, y pueda desarrollar todo su potencial autodestructivo. Siento la curiosa alegría de la inexistencia, que, cansado ya de la agonía que supone el vivir, me facilita en cierta medida el soportarme a mí mismo. Aunque tampoco sirve de mucho. Mi mente se hunde enseguida en un mar de pensamientos nefastos y desgarradores sobre la mierda de vida que llevo y llevaré por los siglos de los siglos. No sirvo ni para que me maten. Intento chillar con todas mis fuerzas, pero es inútil, no tengo boca por donde expulsar sonidos. Solo soy un fantasma perturbado observando a la nada. O quizá soy la nada obsesionada con mis fantasmas del pasado, atormentada con la idea de desvanecerse como si ni siquiera hubiera existido. Solo soy una abominación que nunca debería haber tenido lugar.

Cierro los ojos...

Susúrrame entre las Piernas

Cuando los abro estoy en una casa que no es la mía, follando con una preciosa mujer sobre la mesa de la cocina. Estamos a tope ya, jadeando como bestias y sudando como si el semen se eyaculara por los poros. Tiene unas tetas maravillosas que no paro de apretar y toquetear, mientras ella me araña la espalda con sus garras hasta que brota la sangre. Seguimos con la danza hasta que prácticamente me quedo sin aliento o, bueno, mejor dicho, hasta que su marido llega y me mete un puñetazo. Salgo disparado por la ventana desde un quinto piso y caigo de cabeza contra el suelo que, justo al chocar, se convierte en una mullida cama con una fabulosa mujer de plástico. Esta sucia, rota, llena de pegotes y en plena decadencia, igual que yo mismo. Supongo que por eso nos llevamos bien. Por eso, y porque no es capaz de odiar. La cabalgo tranquilamente, sin la necesidad de tener que cumplir y sin el miedo de quedar en ridículo. La temperatura sube hasta tal punto que ella explota de repente. Se me pega el plástico a la piel, me quema, me desfigura, se fusiona conmigo para que juntos engendremos un monstruo. Me hago una bola de fuego en la cama, que no puede con el calor y empieza a agujerearse por el medio. Yo caigo por el boquete envuelto en mis sábanas, de forma que parezco una enorme y pegajosa gota de esperma negro que se desliza por la pared. O como la *pota* negra que cae por la barra del bar en el que estoy, liberada por un desgraciado que bebe a mi lado. Me largo al baño para no tener que ver el percal y me encuentro con una adorable mujer empolvándose la nariz. Le pido un poco con mi mejor cara de galán, que se parece mucho a la pinta que tiene mi ojete cuando me agacho y abro las nalgas y, sorprendentemente, me invita a que la acompañe al cagadero. Cierro la puerta tras de mí y Ella se agacha para ponerse a currar. Lo hace del modo en el que con su culo me empotra contra la puerta, haciéndome ver las estrellas en el techo lleno de pintadas de yonkis. Estoy perdiendo el sentido y lo nota, porque me mira viciosamente mientras menea sus malignas posaderas y me guiña su ojo derecho. La agarro por las caderas y le sigo el ritmo lo mejor que puedo con el pedo que llevo, mientras nos frotamos hasta que consigo palpar el cielo con mi prepucio. Follamos como bestias dementes y descoordinadas durante un rato, pero mis *eskrotislavos* no tienen ganas de esperar y se lanzan al ataque enseguida. Me la saco para maniobrar con la marcha atrás, pero cuando me corro no sale espuma, sino que sale una flor blanca y retorcida con un escarabajo pelotero en la punta. El puto bicho tiene cabeza humana, la mía para ser exactos, y, antes de que pueda preguntarme porqué, vomita un extraño tubérculo con forma de corazón, del cual florece un esfínter con dientes y peluca. Me acerco para coger en mi mano a este nuevo coleguilla, pero antes de que me agache decide inmolarse solo para no tener que tocarme. La explosión me desintegra, una vez más. Cuántas veces tiene uno que desvanecerse para morir, joder...

Vuelvo en mí una vez más, completamente desorientado, tirado por los suelos, llorando lágrimas de absenta que impactan contra el suelo de plomo. Noto miradas acusadoras, insultos silenciosos y dedos que me señalan en las tinieblas. Hay un fantasma flotando en el cielo, idéntico a mí, que observa todos mis movimientos y disfruta viendo todos mis lamentos. La obscuridad poco a poco me va abandonando, permitiendo que pueda apreciar un poco mejor lo que me rodea. Estoy en una estancia lúgubre, tenebrosa, húmeda y maloliente, pero, claro, con esa descripción lo mismo podría ser un ojete que mi habitación. Hay una mesa justo en la mitad, con el cuerpo tumbado (y desnudo) de una mujer encima de ella. Me acerco y le acaricio los muslos pero el tacto frío y hostil hace que aparte la mano. Sigo tocando su cuerpo, subiendo poco a poco, turbándome más a cada paso. Mis sospechas se confirman cuando llego a la cara y me topo con que ni se mueve ni respira. Me acabo de follar a una muerta...

Después de soltar todo mi arrepentimiento en forma de vómito radiactivo, me siento en el suelo para tratar de asimilar lo que acabo de hacer, con tanta mala suerte que me poso sobre las entrañas evisceradas de la pobre muchacha, que tiene un boquete en la tripa tan grande que me extraña no haberme dado cuenta antes. Me levanto del suelo con su alma pegada al culo, fabrico una especie de soga con sus intestinos, abrazo mi cuello con ella y me ahorco. Me quedo colgado como un zurullo, mirando al infinito, deseando que la cuerda no se rompa antes de que deje de respirar.

En unos pocos segundos la vida abandona mi cuerpo infecto...

3. Post-pucio

Me despierto, esta vez de verdad, en una roñosa cama de un hospital decadente, rodeado de tubos y máquinas, de ojos y bocas que miran y hablan, pero que no significan nada para mí. Hay unos cuantos doctores a mi lado, visiblemente contentos de no encontrarse con un cadáver sobre la cama, supongo que porque así pueden seguir exprimiendo mi sangre un poco más antes de que muera. No paran de felicitarme y de decir lo contentos que están por mi recuperación y que harán todo lo que puedan para que esté mejor. Puesto que lo mencionan decido pedirles que me metan una sobredosis de cualquier cosa, para no sentir más dolor e irme en paz, pero me lo niegan porque les parece demasiado inhumano. Prefieren dejarme morir solo en mi dolor, en vez de hacerlo feliz y en mi mundo, solo por no tener que cargar con una mancha en su impoluta moral hipócrita. Dadme un buen chute joder, y dejad ya de alargar las vidas de la gente sin su consentimiento. Me preguntan por la familia, amigos, pareja... alguien que me haga compañía en mis últimas horas, a lo que no me digno ni a responder. Cómo va a soportarme nadie, si ni yo soy capaz de hacerlo. En ese momento me fijo en un ramo de flores que hay en una mesita al lado de mi cama, un poco reseco por el paso del tiempo, el cual, sorprendentemente, podría ser para mí, ya que por lo visto llevo tiempo atado a esta camilla en un estado casi comatoso por culpa de la neumonía, las fiebres mentales y los delirios. Pero... ¿quién coño me mandaría flores? ¿Quién puede acordarse de mí todavía? Pensaba que estaba completamente solo en este inmundo mundo, pero parece que me equivocaba. Puede que haya un antiguo amor esperando ansiosamente a que no me muera, o algún viejo colega que espera con la mano en la jarra desesperando para brindar conmigo, u otra bestia herida y maldita que lo único que quiere es no morir en soledad. Y, en un instante, ya no me siento tan deprimido. Me dan igual la tristeza, la soledad, los malditos matasanos y sus intentos de lobotomización... me importa una puta mierda ahora mismo. Hay alguien... Por fin puedo desconectar un poco de mi habitual odio propio para pensar algo positivo, en algo que podría alegrar ligeramente lo poco que me queda de vida. Por fin veo una luz que alumbre este jodido túnel y me haga ver que hay una pequeña posibilidad, una mínima esperanza de no acabar mi vida solo, deprimido y con ganas de morir como un perro apaleado y abandonando. La puta chusma sigue hablando sin parar sobre que estoy hecho una mierda, que tengo que cambiar mis hábitos, dejar mis vicios y que, resumiendo, estoy más muerto que vivo. Contengo mis ganas de escupirles a la cara con el único deseo de que se vayan pronto al infierno para que pueda ver de quién son las flores. Siguen soltando bazofia por la boca durante un buen rato, pero me cuesta tomarlos en serio, sobre todo cuando me miran con los ojos inyectados en dinero. Tienen una extraña mirada que sugiere que se quieren morir y, a la vez, me quieren asesinar. Les sigo la corriente sin escuchar ni lo que dicen, como se hace con los locos y empiezo a hacer ademanes de estar cansado. Parece que cogen la indirecta y deciden dejarme en paz, para que pueda poner fin a la puta incertidumbre. Pero, cuando me encuentro solo, me avasallan un montón de dudas, de temores, de miedos irracionales y absurdos que me impiden acercarme a aquello que claramente deseo, como si fuera una nueva forma de boicotearme a mí mismo. Medito profundamente sobre lo que debería hacer pero, como pensar no es lo mío, decido abalanzarme como un poseso a leer la puta tarjetita y lo que pone me deja muerto: "Para la mejor abuela del mundo. Esperamos que te recuperes pronto". Menuda mierda, ni siquiera era para mí. Caigo rendido en la cama, derrotado, sin fuerzas ya ni para morirme, consciente de que estaré por y para siempre solo. Ese pequeño subidón que he experimentado antes ha servido únicamente para que la depresión de ahora sea mayor. Ni siquiera he tenido tiempo para ilusionarme ni fantasear. Solo el tiempo justo para que mi mente pudiera tener alguna clase de felicidad que poder destruir, por ínfima que sea. Decido esperar a que se haga un poco más de noche y a que haya menos movimiento en el hospital, para escaparme a hurtadillas de este horror camuflado de medicina en el que estoy recluido y poner fin a todo de una puta vez.

Me levanto de mi cama pasada la medianoche y salgo de mi habitación lo más sigiloso posible. Los pasillos parecen desiertos así que me aventuro a vagar por ellos buscando la salida. Voy poco a poco explorando lentamente cada rincón, hasta que un par de médicos que están charlando en una esquina hacen que me detenga con un sobresalto. Me fijo en las ropas que llevo por primera vez y me doy cuenta de que así no voy a conseguir escapar, ya que parezco más un demente peligroso salido de un psiquiátrico que una inofensiva persona corriente que sale de visitar a un pariente. Decido volver por donde he venido, para ver si encuentro una forma de pasar desapercibido y me meto en la primera habitación que encuentro. Dentro mantienen caliente a un cadáver lo justo para que parezca que está vivo, pero no parece que funcione demasiado. Me pongo su ropa que está tirada en una silla, que consta de una añeja chaqueta con olor a muerto y unos pantalones de los que hacen tope con el sobaco y salgo de la habitación con total disimulo. Paso por delante de los médicos, que siguen cotilleando sobre algún pobre desgraciado, saludándoles amablemente, y sigo mi camino hacia la salida. Una vez fuera acelero el paso esperando oír tras de mí a una voz que me grite que me pare, pero me salgo con la mía. Me meto las manos en los bolsillos instintivamente, esperando encontrarme con mi habitual cajetilla destrozada de tabaco, pero me sorprendo al encontrar una billetera con almas de judíos impresos en papel con valor de 10.000 euros. Joder... a ver si al final va a resultar que es mí día de suerte y todo.

Camino un buen rato por las oscuras y solitarias calles de la ciudad, hasta que encuentro un bar lo suficientemente turbio y deprimente como para que un despojo como yo no dé el cante. Me siento en la barra, que está repleta de perdedores como yo y empiezo a beber Whiskys hasta que pierdo un poco la noción de quién soy. Me compro un par de paquetes de Winston, mientras la melodía "no es para ti, no es para ti, es para hombres" retumba en las paredes de mi cráneo, y me largo de ahí con un último trago en la mano. Me dirijo hacia Las Cortes, también conocida como "la calle de las putas", para fundirme el dinero que me quema los bolsillos. Me cruzo con unos cuantos borrachos insoportables que afianzan en mayor grado el inmenso odio que siento hacia la raza humana y pasan por mi lado como si yo fuera de otra especie, cosa que no dudo, claro, viendo su comportamiento y sus pintas. Sigo caminando pensando en mis putas chorradas y evitando cruzarme con más gentuza como esa, pero parece bastante complicado entre tanto universitario alcoholizado. Casi acabo a ostias con unos *spiteros* mugrosos salidos de algún antro del inframundo, pero salgo corriendo antes de que me linchen y me roben toda la pasta. Llego a mi destino a duras penas, prácticamente muerto por el esfuerzo, y me decepciona el poco movimiento que hay en las calles. Para una vez que tengo dinero y no tengo que pedir fiado... Decido no pasar por los bares de *gaupaseros* de Bilbi, no vaya a ser que haya algún bastardo al que debería ignorar. Me adentro en Cortes dando tumbos, buscando en cada esquina un poco de alimento para mi alma, hago un alto a mitad de calle para echar la pota y, cuando levanto la cabeza, veo a lo lejos la silueta de una mujer que se confunde con la noche, cuyas largas piernas taconean una deliciosa melodía contra el suelo. Me acerco intentando ocultar los hilillos de bilis que me caen de las comisuras y la saludo sin abrir demasiado la boca, por si las moscas. Ella me responde cariñosamente y me llama cosas como "guapo" y "cielo", palabras que ningún ser humano me las dirigiría sin tener una pistola apuntando a su nuca, o sin tener algún interés oculto. La acompaño hasta un ruinoso portal, que culmina en una casa aún más ruinosa, y me invita a ponerme cómodo.

— Puedes tumbarte en la cama si quieres. Espero que estés limpio...

— Pues la verdad es que no... pero no te preocupes. No quiero follar. Solo necesito un poco de compañía, no sentirme solo...

— ¿Seguro? Yo te voy a cobrar igual eh.

— No importa. Solo necesito... yo solo... solo...

— ¿Estás bien? ¿No deberías ir a un hospital?

— Ni de coña. Con lo que me ha costado escapar.

— Bueno... tú mismo con tu onanismo.

Me agarra de los hombros suavemente, mientras me mira dulcemente a los ojos, y empieza a quitarme la chaqueta de viejo que llevo, dejando al descubierto la ropa de paciente, que hace que me sonroje un poco, pero a la que Ella le quita importancia con una sonrisa. Se quita la blusa, dejando en libertad sus dos preciosas tetas, y empieza a quitarse sus ceñidos pantalones vaqueros. Yo la sigo, dejando caer mis pantalones contra el suelo. Ella se asusta cuando ve mi radiante escroto forjado a fuego por las venéreas, yo me asusto cuando veo que el cipote que se trae entre las piernas es sobradamente mayor que el mío y nos echamos a reír. Una vez roto el hielo, me hace un gesto para que me tumbe en la cama, mientras saca un par de cervezas calientes y me pasa una. Charlamos plácidamente a la luz de la luna sobre la dureza de nuestras vidas, apoyándonos mutuamente entre susurros, confesiones y abrazos, mientras bebemos una tras otra todas las botellas que saca de su escondite. Ni siquiera hablamos de dinero. No parece importarle que vaya a cobrar esta noche o no, o quizá considera que soy fiable, cuando ni yo mismo lo creo, pero ni lo menciona. Pasamos una de las noches más agradables de nuestras vidas, sin hacer otra cosa que estar, dejando correr las horas hasta que el sol nos interrumpe con su odiosa alegría. Ella se disculpa para ir al baño a prepararse para una nueva jornada, y yo aprovecho el momento para escapar. Le dejo casi todo el dinero que le robé al viejo moribundo, porqué mi destino no va a cambiar solo por tener unos cuantos miles en el bolsillo, y se lo dejo en su mesita con una nota de despedida que también podría considerarse una nota de suicidio. Salgo de su casa a traición, casi corriendo, para alejarme de todo y poder morir yo solo, sin molestar ni salpicar a nadie.

Me gasto todo el dinero que tengo en comprar provisiones, que al final se reduce a vino barato para soportar mejor el frío, y me dirijo hacia alguna fábrica ruinosa y abandonada de la zona de Olabeaga. Voy siguiendo la ría como lo había hecho tantas y tantas veces, la mayoría de veces completamente desfasado, despidiéndome mentalmente de todos aquellos lugares en los que he malgastado algunos de los momentos de mi vida. Me cruzo con los caminantes sin cerebro que pasean tranquilamente ajenos al sufrimiento humano, absortos en sus vidas de mierda y con sus expresiones de ausencia de vida propia, y me satisface al menos el saber que no tendré que volver a pasar por esto otra vez. Todos me miran con superioridad, pensando que son más que yo, cuando en realidad, son mucho menos. Menos personas, menos animales, menos decentes, menos locos y, en definitiva, menos humanos. Me encantaría despellejarlos a todos, quitarles toda la piel, todo ese exoesqueleto de basura que crean a su alrededor para sentirse más seguros, más aceptados, y mirar debajo a ver si son de carne como yo, de huesos como yo, de sangre y órganos como yo. Me gustaría saber si tienen alma, si todavía guardan dentro algún rastro de pureza o si por el contrario han corrompido sus entrañas por completo. Me encantaría poder hacerlo, de verdad, pero para eso tendría que relacionarme con gente, y eso es algo que odio demasiado. Tampoco sería mucho, solo hasta que murieran, pero ya me parece mucho. Si solo de pasar por su lado se me eriza el puto ojete. Prefiero aislarme de todo eso, de toda esa ponzoña que se contagian entre ellos, para no acabar como un puto descerebrado más en un mundo de lunáticos. Prefiero elegir por mi propia cuenta la forma en la que me extinguiré, como una bestia única y maravillosa que es acorralada y atormentada eternamente, a la que solo le queda la opción de rendirse y dejarse morir, ante la horrible perspectiva de dejarse cazar. O como un sucio y asqueroso zurullo que se pierde por un desagüe, sin que nadie sepa a dónde va a ir a parar, ni le importe, desvaneciéndose en un mar de desechos sociales donde se perderá para siempre mientras el mundo sigue girando y la mierda sigue rebosando. Sea como sea la decisión está tomada. Esta vez beberé de verdad hasta mi aniquilación, y no habrá vuelta atrás.

Susúrrame entre las Piernas

He encontrado un antro adecuado para mí, parece que lleve siglos destruido y está completamente lleno de basura, justo como yo. Me pongo cómodo entre la inmundicia, que me hace sentir como en casa y abro un Don Simón para entrar en calor. Me siento bastante bien en general, y conmigo mismo en particular, así que decido darme un respiro por una vez en mi vida e intentar llevarme bien con mis pensamientos hasta que se apaguen las luces. Dejo de pensar en todo, y dejo que el sonido del vino moviéndose sea lo único que me acompañe. Pero alguien fastidia mis planes. Parece que me he metido en la casa de otro vagabundo y que toda esta porquería pertenece a alguien. Me dice que no le gustan los extraños, y menos en su casa, pero en vez de echarme, me roba un trago, se sienta a mi lado y se pone a charlar. Me toca bastante las pelotas que hasta en el último momento haya alguien que me amargue la existencia, y empiezo a cabrearme, pero el tipo parece bastante hospitalario, me pasa un trozo de queso y un cuchillo y me dice que no me corte, lo que causa una reacción en mi mente distinta a la que Él esperaba, mientras acerca un bidón oxidado y hace una pequeña hoguera. Medito con mis demonios los pros y pros que tiene hacerlo, teniendo en cuenta que no sobreviviré más de unos días aquí en el mundo, así que me levanto y le

97

clavó el cuchillo en el cuello. Él me mira sorprendido, como si quisiera entender qué pasa y por qué le hago eso, y solo pudiera responder a una de esas preguntas, mientras va cayendo al suelo lentamente. Primero de rodillas, luego a cuatro patas y, al final, muerto. Me quedo de pie delante del cadáver, extrañamente vivo por lo sucedido, intentando asimilar lo que acaba de pasar, pero sin dejar de sonreír ante el trozo de desperdicios humanos que yace ante mí. Miro como la sangre baja del cuchillo y se acumula en mis dedos, y siento que es como una especie de apretón de manos simbólico, en el que los dos nos presentamos como realmente somos. Empuño el arma una vez más, tentado por probar otro pecado más antes de morir, y le corto un par de filetes antes de que la carne empiece a descomponerse. Siempre había querido probar cómo sabe la carne humana y siempre me habían criticado por ello, como si asesinar a un animal no fuera igualmente cruel e inhumano. Ahora por fin tengo la oportunidad de hacerlo, sin que nadie me mire mal (excepto el cadáver dueño del manjar, claro) y sin pensar en absurdas consecuencias. Caliento los filetes en un par de varillas que encuentro por ahí y me las como, cómo un puto salvaje asombrado por la exquisitez de la carne de despojo. Después del banquete me tumbo al lado del fuego, al calor, y me pongo a esperar. Esperar que pasen las horas, los días, la vida. Esperar a que el fuego se apague y me deje solo una vez más, como preludio de lo que pasará con el fuego que alimenta mi alma. El tiempo pasa, el frío se hace con el control de mi cuerpo, mi cerebro poco a poco se apaga, mis sentidos empiezan a confundirse. Se acerca. Por fin, después de tanto tiempo. Está aquí...

Y lo único que tengo que hacer, es, dejarme llevar...

Detrás del Tango

Geraldine Lumière

"Dedicado a todas esas maravillosas personas que siempre han creído en mí sin soltarme de la mano nunca".

Susúrrame entre las Piernas

Como cada mañana, Sofía acudía a su puesto de trabajo, lo hacía como recepcionista en un gimnasio. Era un centro bastante extenso donde además de ejercicio se daban clases de todo tipo de baile, la verdad es que no tenía tiempo ni de rascarse la nariz. Llevaba trabajando ahí unos cuatro años. En sus días libres iba a clases de tango, le fascinaba y le hacía sentirse ella misma a cada paso que daba con el profesor.

Adelmo llevaba en España cerca de tres años trabajando en una multinacional. Le encantaba cuidarse. Las raíces de su tierra le tiraban mucho, por eso decidió que las tres tardes que libraba a la semana las iba a dedicar a dar clases de tango; de hecho, era un gran profesor pues desde bien niño, su madre le enseñó ese fascinante baile. En ese centro vio la oportunidad de sacarse un extra para sus caprichos, enseñar lo más maravilloso de su tierra y lo que formaba parte de su vida.

Sofía no había caído en la cuenta de que, en las últimas semanas, algo raro sucedía cuando daba las clases con Adelmo y no le había estado dando demasiada importancia… hasta el día de hoy.

En las últimas clases que había dado con él, la forma de cogerla e incluso la respiración cuando sus rostros estaban demasiado cerca, había cambiado y ese cambio la estaba afectando sin darse cuenta. En un principio no le dio importancia, pero ahora, también sentía en su cuerpo sensaciones que respondían a esa situación. La verdad es que era un hombre atractivo; moreno de ojos marrones, de facciones marcadas, alto y con un cuerpo muy bien formado; puede que eso también ayudara a que ella sintiese esas cosas. Terminó su turno y se fue a casa sin parar de darle vueltas a todo ese asunto. Distraída, se saltó un semáforo y un pitido estridente de un conductor, la sacó de su ensimismamiento consiguiendo que se centrara en lo que estaba haciendo en esos momentos, que era conducir y olvidarse de todo ese asunto por unas horas.

A él le pasaba un tanto de lo mismo, a pesar de sentirse perdido ante esa situación, le atraía el sentimiento nuevo que le nacía con Sofía. Sobre todo con las reacciones en plena clase, era como si su piel ya la conociese de antes y su cuerpo tuviese vida propia a su tacto instintivamente. No lo podía controlar y eso le trastocaba a rabiar. Al mismo tiempo, le gustaba esa sensación que ella le provocaba, nunca antes lo había sentido con otras mujeres y eso que por su vida habían pasado unas cuantas, a cual más bella y exuberante. Podría ser que con esa media melena negra de rizos desperdigados que dejaban entrever sus grandes y expresivos ojos oscuros y con esa sonrisa cautivadora que tenía, le estuviese enamorando. Dibujando una sonrisa ladina en su cara, metió todas sus cosas en la bolsa de deporte y se fue a casa, mañana le esperaba un día duro en la oficina ya que tenía que conseguir cerrar unos contratos con dos grandes empresas.

Esa noche Sofía no descansó muy bien, le costó dormir, a su mente le venían imágenes pasadas en las clases de baile. El despertador sonó como siempre, a las seis y media de la mañana, se incorporó y se puso el chándal y las zapatillas. Tomó su bebida energética y se fue al parque de la urbanización a correr; es algo que hacía todos los días para mantenerse en forma y como no, para no coger más peso, ya que el buen yantar le perdía. Después de ocho kilómetros lo mejor era una buena ducha y un café con leche. Recogió su casa para después acudir al trabajo, donde le esperaban unas horas casi sin descanso. De camino a la oficina llamó a su amiga Nerea, a ver si ese fin de semana podían hacer una escapada a la playa y así desconectar de ese raro sentir que no se le iba de la cabeza, era como si estuviera poseída o algo así. A los tres toques le descolgó el teléfono.

— ¿Sí? Dime corazón ¿Qué es lo que te pasa? Es muy raro que me llames a estas horas, sabes que no madrugo. Espero que sea algo importante.

— ¡Arriba dormilona! Vas a deformar el colchón. A ver, este fin de semana… ¿Tienes algo?

— No, no tengo nada previsto. ¿Qué es lo que tienes en mente? Me das miedo cuando piensas— sonrió expectante.

 — ¡Ya te vale! Pues, he pensado que podríamos ir a la playa todo el fin de semana y desmadrarnos un poco, que ya hace tiempo que no lo hacemos— esperó impaciente esperando un sí— ¿Qué me dices a esto?

— ¡Perfecto!— Nerea intuía que le sucedía algo para desmadrarse de aquella manera.

— Vale, esta tarde en cuanto salga de trabajar te llamo y concretamos. ¡Gracias por estar siempre ahí!

— Anda tonta, sabes que la playa me pierde y si es en tu compañía mucho mejor. Ya hablamos, besos.

— Hasta luego.

Sofía no se imaginaba hasta qué punto su amiga la conocía y lo mucho que la quería, a Nerea le costaba controlarlos, pues no la quería perder.

Adelmo esa noche durmió a pierna suelta, se levantó con más energía que nunca. Su despertador sonó a las siete de la mañana, pegó un salto de la cama, se vistió con ropa deportiva, cogió los cascos con el MP4 y salió a recorrer por las calles de Madrid, solía hacerse unos diez kilómetros. Llegó a su apartamento, se duchó y se puso el traje tras salir del baño. Como hacía habitualmente, fue al bar a desayunar y de ahí, directo a la oficina. Hoy sería un buen día para conseguir su ascenso. Siguió pensando en ella y en esos sentimientos que le despertaba, no sabía si intentar quedar con ella para llegar a conocerla mejor o no; no sabía cómo afrontar ni la situación ni lo que despertaba en él cuándo la tenía cerca. Quería invitarla a cenar el sábado pero creyó que sería demasiado pronto, ya que no habían cruzado más de dos palabras. Decidido, pensó que hoy la saludaría al llegar e iría allanando el camino para esa futura cita. Le sonó el teléfono sacándole así de sus pensamientos; era su secretaria.

— ¡Buenos días, señor! Quería informarle que ya están aquí los de la empresa de Santander. Los he pasado a la sala de juntas. ¿Le parece bien?

— Gracias, Clara. En cinco minutos estoy allí—contrajo el semblante pensando que debía cambiar de secretaría, no le gustaba su tono de voz que empleaba por el teléfono.

— ¡Perfecto señor! Les pondré un refrigerio mientras tanto.

— Gracias de nuevo, Clara. Cuelgo, hay mucho tráfico.

Nada más colgar, pensó en que no debería haberse acostado con ella, tenía que controlar no mezclar el trabajo con el placer y así no tendría que soportar que esa mujer babeara todos los días cuando lo veía. Era muy eficiente, pero ya tenía pensado que en cuanto consiguiera el ascenso, no seguiría siendo su secretaria, sería lo mejor, ya buscaría otra y esta vez llevaría más cuidado.

Hoy el gimnasio estaba más concurrido que otros días, los miércoles era cuando se llenaba. A Sofía la mañana se le pasó volando, entre nuevas altas y pasar las tablas de entrenamiento a los clientes más veteranos. Sobre la una tenía media hora de descanso, la cual solía aprovechar para ir al bar de la esquina a comer y volver rápido otra vez a trabajar. La tarde era un tanto de lo mismo, pero más llevadera. Cuando levantó la vista para atender, su sorpresa fue máxima al ver el rostro de su profesor de tango, que la miraba fijamente; ¡con lo que había pensado en él el día anterior!

— ¡Buenas tardes!

— ¡Buenas tardes, señor Adelmo! ¿En qué puedo ayudarle?—No pudo evitar comérselo con los ojos hasta el punto de ponerse nerviosa.

— Disculpa, Sofía—Adelmo sonrió para sus adentros satisfecho de ver esa vulnerabilidad en sus gestos—Pues quería preguntarte si el viernes te viene bien cambiar tu turno de clase conmigo a última hora, es que ese día no podré estar aquí antes de las cinco.

—Sí ¿Por qué no?—intentó calmarse ya que se le estaba notando lo nerviosa que se ponía en su presencia— Bueno, pues haré lo posible por cambiarlo con la chica que tiene usted a esa hora, la voy a llamar ahora mismo.

— Gracias, es que vas muy adelantada y no me gustaría que perdieses el ritmo—aquel hombre despertaba en ella sensaciones inimaginables— Vale, pues ya está aclarado a la salida te preguntaré si lo has conseguido hacer.

— De acuerdo, señor—le pareció que le daba una orden y obedeció sin rechistar. No le gustó sentirse así, odiaba que la controlasen de aquella manera. Se le olvidó aquella encrucijada en la cabeza cuando se dio la vuelta para marcharse, su culo era un péndulo que hipnotizaba a cualquiera. Se sentía muy atraída por Adelmo.

Lo vio entrar en la zona de entrenamiento para hacer su tabla de ejercicios, la verdad es que se mantenía muy bien para los cuarenta y cinco años que tenía. Ese día se quedó embelesada mirando como los hacía a través de los cristales. Ver aquellos brazos, esa espalda… pero lo que le perdía era ese culito, sus ojos se le iban enseguida a esa zona.

Adelmo se fue derecho a hacer su rutina diaria, ejercicios, ducha y clase de tango. Se sentía pletórico al notar las reacciones que Sofía tenía ante él y también por ver como su plan estaba saliendo como él quería. Solo le faltaba saber si habría conseguido cambiar la hora de la clase, entonces sí que sería todo perfecto. Ese pequeño cabo suelto no le dejaba concentrase del todo en el baile, tuvo varios fallos en los pasos y como era tan perfeccionista, eso le ponía de mal humor. Tenía que hacer algo con esa mujer ya o acabaría con él. Intentó centrarse pensando en su madre y en su tierra natal, y para cuando casi lo tenía conseguido, apareció su perdición por la puerta. Tropezó y casi se cayó al suelo con la chica que estaba bailando en ese momento.

— Perdón, señor Adelmo. Pero necesito hablar con Bea para hacer el cambio de hora.—Se disculpó un poco avergonzada.

— Tranquila pasa, está cambiándose, enseguida sale.—Sentía el deseo explícito de comerle la boca allí mismo, casi no podía controlar sus ansias de tenerla entre sus brazos. Se obligó a sí mismo a controlarse.

— Gracias y perdón por la interrupción, solo será un momentito—Sofía se sentía cohibida ante su mirada, le asustaba un poco, aun así no podía quitarle el ojo de encima. Se estaba dando cuenta de que le gustaba más de lo que creía y sin proponérselo se estaba enganchando a las excusas para poder verlo. Se obligó a controlar sus impulsos para que no la despidiesen.

Una vez hubo hablado con la chica, Sofía se marchó de nuevo a recepción, no sin antes volverse para ver a ese adonis que le hacía perder la cabeza. Para su sorpresa, también él la estaba mirando ahí parado con esa chica en brazos; sus mejillas se sonrojaron con el cruce de miradas. Algo en su interior empezó a coger temperatura y no lo llegaba a comprender ni a soportar.

Cuando Adelmo la vio salir no pensaba que se daría la vuelta, y para su grata sorpresa, no solo lo hizo, sino que se sonrojo al sentir su mirada en ella, eso le agradó tanto, que su entrepierna tomó vida propia. Tuvo que disimular y excusarse para ir al baño, pues si seguía bailando con la alumna y la rozaba, podría pensar lo que no era. Se mojó la nuca y orinó echándose agua fría después en su miembro o no podría seguir. Su deseo crecía por momentos, esas señales que había leído en su cuerpo la delataban y eso aún le enturbiaba más, ya que le costaba mucho controlar todo lo que llevaba en su interior.

Susúrrame entre las Piernas

Sofía, antes de llegar a recepción fue derecha al baño, necesitaba bajar su temperatura corporal y cambiarse de braguitas, ese hombre le hacía babear y no por la boca. Una vez estando ya en su puesto, hizo el cambio de hora con Bea y lo dejó anotado. Le resultaba extraño todo lo que acababa de pasar pero le gustaba que él se preocupara por su avance en el baile. Se pasó el resto de la tarde ordenando facturas, casi no se dio cuenta de la hora, el centro se fue vaciando quedando solo los profesores y algún que otro entrenador. Se disponía a marcharse a casa y así llamar a Nerea para concretar el fin de semana cuando una mano rozó su brazo.

— ¡Hola de nuevo! ¿Ya te vas?—le hizo la típica pregunta evidente para romper el hielo.

— ¡Hola!, pues sí. Necesito respirar aire y descansar—contestó agotada.

— ¿Te da tiempo a tomarte un refresco conmigo?—fue una pregunta trampa con un mensaje explícito.

— Pues, no sé, llevo algo de prisa y tengo que hacer una llamada—Sofía no mintió, aunque dudó si dejar sus cosas de lado por pasar una rato más con él.

— No será mucho tiempo, solo me gustaría hablar de unas cosas de las clases que tengo contigo—fue la excusa más mala que se le ocurrió, pero le funcionó.

Aceptó la invitación y se fueron a un local de copas que había cerca del gimnasio. Estuvieron hablando de pasos y movimientos, recalcándole que tendría que tener más soltura en ciertos momentos del baile. Ella aceptaba esos pequeños consejos sobre sus fallos, prestando mucha atención ya que aprender a la perfección ese baile era su sueño. Entre risas y copas pasaron dos horas, y no había llamado a su amiga, cuando se dio cuenta se disculpó y salió sin ganas, pues por algún extraño motivo se sentía a gusto con él, pero debía irse ya o no sabía cómo acabaría la cosa después de esas copas de más que ya llevaban. Una vez fuera del local, lo primero que hizo fue llamarla Nerea.

— ¿Hola?—preguntó con culpabilidad, era consciente de que su amiga estaría molesta.

— ¡Ni hola ni leches, tía! Llevo dos horas y pico esperando tu llamada y me han cerrado la tienda, sabes que en ese sitio no tengo cobertura. ¿Qué diantres te ha pasado? ¿Te has perdido al salir o qué?—su amiga estaba cabreada.

— Lo siento corazón, me salió un imprevisto muy bueno, no sabes cómo está ese hombre—no pudo evitar confesar la pura verdad y sonreír al pensar en el hombre que la hacía temblar.

— Sofía, ¿has estado bebiendo?, se te nota al hablar. ¿Un hombre?, a ver ¿Qué me he perdido? Cuenta—se le pasó el cabreo al segundo, solo quería saber los detalles de ese imprevisto.

— Nerea, es muy atractivo y no sé qué me pasa cuando lo tengo cerca, no sé decirle que no. Ya sabes cómo soy, no suelo dejar que me lleven al huerto fácilmente, pero este adonis lo consigue con solo mirarme—se sentía muy confusa con esos nuevos sentimientos.

— Para un momento, ¿te has liado con él?—Nerea estaba alucinando con aquella confesión.

— ¡No!, pero si llego a quedarme diez minutos más, seguro.

— ¿Quedamos ahora para hablar en persona de esto que te está pasando? Y así también concretamos lo del fin de semana—puso como excusa cuando la verdad era que estaba deseando saber más del asunto.

— No, ahora solo quiero llegar a casa y darme una ducha para enfriarme y que me baje el efecto de las copas también. Solo necesito saber a qué hora quedamos el sábado por la mañana para salir— no tenía cuerpo para seguir despierta.

— Perfecto, vale, pues a las nueve de la mañana, ¿te viene bien? —Nerea se moría de ganas por conocer a ese hombre que volvía loca a su amiga, la curiosidad le mataba.

— Sí, me va bien. ¡Gracias chiqui!, y perdona por esto, en serio. Cuando esté mejor ya te contaré. Besos.

— Tranquila, descansa. Besos.

A Nerea no le gustó para nada que su amiga anduviera entre semana bebiendo, era una mujer que se cuidaba y no hacía esa clase de locuras, quién sería ese hombre para llevarla a tal punto se preguntaba. Se sentía celosa y no le gustaba estar así, estaba barajando la posibilidad de coger al toro por los cuernos y confesarle lo que sentía por ella, se tiraría a la piscina sucediera lo que tuviese que suceder. Le gustaba mucho para que viniese uno del tres al cuarto y se la quitara.

Adelmo llamó a la camarera y pidió la cuenta, justo al salir del local vio a Sofía hablando por teléfono. Se refugió en la oscuridad y escuchó con atención, lo que oyó le gustó demasiado. Al ver que apagaba el móvil, se hizo el encontradizo y se ofreció a llevarla a casa con la excusa de que se había pasado con las copas. Le encantó que aceptara, así sabría más cosas sobre su vida. En el transcurso del viaje, Sofía apenas habló, su estómago bailaba solo y él se percató de ello bajando la velocidad. Al llegar se ofreció a acompañarla hasta el interior de su casa, pero se negó. Así que la acompañó hasta el portal, cuando quiso despedirse de él y darle las gracias se percató que tenía su cara pegada a la suya, se rozaron los labios, ese contacto le hizo perder el equilibrio, teniéndola que coger Adelmo por la cintura. Entre ellos había una gran atracción que crecía a cada segundo que pasaban juntos, donde ya no estaban siendo dueños de sus propios cuerpos, las respiraciones aceleradas daban muestra de ello, se volvieron a mirar pero la postura en la que estaban no ayudaba a que se fuese cada uno a su casa, lo que provocó un segundo beso más intenso y ardiente. A Sofía ya no le importó nada y se dejó llevar al interior de su casa, sin separar los labios se fueron desnudando el uno al otro. Solo consiguieron llegar hasta el pasillo que daba a la habitación; sin pausa, la cogió en brazos y la puso contra la pared sin dejar ni un solo centímetro de piel por besar y lamer mientras las manos le acariciaban y pellizcaban los pezones. Sofía se agarró a su cintura con las piernas y las manos volaron a su cabeza, sentir esos labios en su cuerpo la estaba volviendo loca y los gemidos eran cada vez más intensos. Él no pudo esperar ni un segundo y la penetró sin demora en ese instante, necesitaba sentirse en su interior. La sensación que sintió al notar su miembro abriéndose camino fue espectacular, estaba gozando tanto que tenía miedo de perder los papeles y llegar a hacerle daño en algún arrebato de querer más. Adelmo se sentía en una tormenta de sentimientos, Sofía le despertaba algo distinto a las demás en la forma de entregarse, eso le gustaba y asustaba al mismo tiempo. Sus embestidas eran cada vez más intensas y certeras, tuvo que colocar las manos en sus nalgas para poder llevar el ritmo que el cuerpo le pedía.

Susúrrame entre las Piernas

Sofía no cabía de gozo al notarse tan llena, pues había que decir que este adonis estaba bien dotado. Sus dedos rozaban cada músculo de sus brazos y de su espalda, necesitaba más, se lo hizo saber al clavarle un poco más de lo normal las uñas en los hombros. La reacción de él, no se hizo esperar, y sin separar sus cuerpos, como pudo, la llevó hasta la cama donde le levantó los brazos por encima de la cabeza y los besó. Fue subiendo hasta el cuello y siguió el recorrido hasta llegar a la boca; se la comió a besos para absorber cada gemido que le provocaba. No paraba en sus movimientos, adentro afuera, un ritmo lento y constante, quería beberse su orgasmo cuando lo alcanzase, como si fuese la última vez que iba a estar con ella. El deseo que le despertaba lo volvía loco y ver cómo ella reaccionaba y respondía su cuerpo, hacía que ese sentimiento creciese más. Esa mujer era especial y le iba a causar problemas, pero no soportaba la idea de dejarla marchar. No paraba de darle vueltas a cómo iba a sobrellevar esta nueva situación y todo ese cúmulo de sensaciones que despertaba en él. Intentó no pensar en ello en ese momento, quería poder seguir saboreando ese manjar de dioses que tenía en sus narices.

Susúrrame entre las Piernas

Despúes de varias horas de pasión se quedaron exhaustos y dormidos, abrazados como si solo fuesen uno hasta que sonó el despertador. Apenas habían descansado, la cosa acabó sobre las cuatro de la madrugada y ya eran las seis y media. Sofía nunca quitaba la alarma salvo los fines de semana, así que tocó levantarse aunque su cuerpo no le respondiera bien después de una noche de copas y pasión desmedida, como nunca antes la había vivido con nadie. Por su cabeza pasaban momentos y sensaciones que le hacían tener muchas dudas, sobre su sexualidad y el por qué no las había vivido antes. ¿Qué diferencia existía entre este hombre y los otros con los que estuvo antes? No le encontraba explicación. Despertar a su lado y verlo tan natural, dormido aun y con los pelos alborotados, le hacía sentir un montón de mariposas locas revoloteando sin rumbo fijo en el estómago. Tenía miedo de enamorarse, así que no se lo pensó dos veces y salió de la cama a pesar de las agujetas y resaca. Se vistió y se fue a correr, con la esperanza de que al volver, él ya se hubiese marchado y así no tener que mirarle a los ojos después de lo pasado la noche anterior, no sabía por qué razón pero sentía vergüenza. Tuvo suerte y así sucedió, al entrar en su casa ya no estaba, solo encontró una nota que decía <<*Nos vemos el viernes a las seis y media en clase.*

Gracias por esta noche. Adelmo>>. Ahora, se arrepentía de haberse ido y no estar al despertarse, así esas palabras se las hubiese dicho a la cara. Demasiado corta la nota ¿Estaría enfadado por haberse despertado solo? No sabía por qué, pero una parte de ella necesitaba tenerle lejos, pero otra se moría por verle. Todo esto era nuevo para ella y no lo controlaba, por eso le creaba tantas dudas.

Adelmo se despertó de golpe al notar el vacío a su lado, en pocas horas se había hecho al roce y al calor que desprendía el cuerpo de Sofía, le gustaba la sensación que le dejaba tenerla cerca. Pero a pesar de eso, se mantuvo con la cabeza lo más fría posible, no quería enamorarse, intuía que podría pasarlo muy mal y no estaba por la labor de pasar por esa experiencia. Así que se vistió y después de dejarle una nota, lo más escueta posible, se fue a casa para ducharse y cambiarse de ropa. Necesitaba refrescar su cuerpo, su cabeza y su corazón, y quitarse el aroma de ella que aun impregnaba su piel o no sería persona en todo el día. Pero lo que no sabía es que Sofía ya estaba dentro de él. Una vez en la ducha, mientras el agua caliente caía por su pelo y se deslizaba por todo su cuerpo, su cabeza no paraba de dar vueltas, iban pasando todas las imágenes de la noche anterior, esa mirada de tan pasional y al mismo tiempo tan perdida, el temblor de su cuerpo mientras la desnudaba, el tacto tan suave de su piel que al excitarse se volvía terciopelo, acoplándose a la suya como un guante. Sabía que ella era suave, ya que al tener contacto en sus clases, el roce era inevitable, pero el tacto de anoche era más de lo que él llegó a imaginar. El sabor de su cuerpo no se lo podía quitar de la mente, era dulce e intenso. ¡Dios!, no había probado nada igual en sus devaneos ¿Qué tenía esa mujer que lo volvía loco y se había instalado en su mente?

Sofía hizo un tanto de lo mismo, después de esa carrera lo mejor era una ducha, sobre todo para la resaca le iría de lujo, aunque sabía que al ducharse se le borraría el aroma de Adelmo de su cuerpo, ese olor a sexo que le permitía sentir de nuevo esa furia, su sexo estaba otra vez húmedo solo de recordarlo, no tuvo más remedio que masturbarse bajo el agua. Con una mano apretaba y pellizcaba su pezón, la otra no dejaba descanso alguno a su vagina, llegando a tener un orgasmo muy fuerte, tanto que tuvo que apoyarse en la pared de la ducha pues sus piernas le temblaban. Tenía que reconocer que ese hombre en tan solo una noche le había dejado una huella muy grande.

Una vez hubo desayunado se fue de nuevo al trabajo, por lo menos sabía que los jueves, aparte de no haber tanto papeleo, tampoco se cruzaría con el profesor pues sus días de clase eran lunes, miércoles y viernes. Era lo mejor que podría sucederle hoy, ya que lo que había pasado la noche anterior aun hervía en su interior y para muestra, lo que había ocurrido en la ducha esa mañana. Todo esto la tenía confundida, a esa nueva sensación que notaba, se le sumaba la necesidad imperiosa de verle. No quería atarse a nadie, aunque tampoco sabía lo que se sentía ya que nunca lo había estado con ningún hombre. Con los que se había liado hasta hora, puede que hubiese tenido algo más de interés, pero con Adelmo, eso, no era solo interés, sentía algo más. Tenía un cacao en la cabeza que no sabía lo que sentía. Ese jueves no lo iba a pasar muy bien, ya que andaba despistada y con ansiedad, procuró, en los minutos que le dejaron sola, llamar al bar de al lado y pedir que le trajeran una tila o no sería persona el resto del día; menos mal que ya la conocían y solían llevar algún que otro café o refresco al local para los profesores.

Adelmo llegó a su oficina y no imaginaba la grata sorpresa que le estaba esperando. Su ascenso. Al entrar en el despacho le estaba esperando su secretaria con una sonrisa fuera de lo normal y con un sobre en la mano. Al ir a dárselo, le rozó la mano adrede, cosa que a él le molestó, pues sabía lo que buscaba y no estaba por la labor de volvérsela a tirar, como otras veces hizo en ese despacho, aunque estuviese tremenda.

— Buenos días señor, han dejado este sobre para usted de dirección, tiene que ser algo importante porque me han pedido que se lo diese en cuanto llegase.

— Gracias, Clara—no soportaba el roce de su piel, ni su voz, en realidad ya no le gustaba. Ahora sus pensamientos eran solo para Sofía— Ya puede marcharse.

— Gracias señor, espero que sean—su secretaria notó su seriedad y sequedad al dirigirse a ella, pensó que tal vez fuesen los nervios y rezó para que celebrara con ella esas buenas noticias. Ella seguía coladita por él.

Cuando lo dejó solo abrió el sobre, las manos le temblaron al desdoblar el papel y leer ese puesto por el que tanto había luchado. Adelmo, a pesar de ser un mujeriego y canalla, también tenía un lado tierno y luchador, el cual no mostraba demasiado en público y sobre todo, no solía mostrárselo a ninguna mujer para que ninguna pudiese hacerle daño. Se emocionó, le resbalaron dos lágrimas por las mejillas, habían sido muchas las reuniones y fusiones que había conseguido con muy buenas empresas. En ese momento pensó en llamar al gimnasio para compartirlo con Sofía, estaba pletórico de felicidad y necesitaba abrazarla y besarla, la necesitaba a ella. Se paró en seco, le habían empezado a sudar las manos al darse cuenta de en quién había pensado nada más saber la noticia, eso le puso en alerta, pues tampoco quería atarse a nadie, aunque el caso era que él tampoco sabía que se sentía, pues nunca lo había estado. Se fue al baño a recomponerse, tenía que subir a dirección para firmar el nuevo contrato y no quería que le viesen en ese estado, tenía una reputación, tenía que mostrar la frialdad y entereza que le caracterizaban y por la que había conseguido el ascenso que tanto había deseado. Llegó al despacho de su superior, que le recibió con un fuerte abrazo y una buena estrechez de manos, felicitándole por todo lo que había conseguido. Mientras, su cabeza estaba lejos de allí. No dejaba de pensar en Sofía, en la noche anterior, en todo lo que le hizo sentir, no sabía si iba a poder aguantar hasta la clase de mañana y decirle algo mientras la tuviera en sus brazos bailando. Deseaba que le abrazase y besase con pasión para felicitarle. Tenía que dejar de pensar en todo eso pues su miembro lo estaba empezando a delatar, y no era momento para marcar paquete y menos delante de su jefe.

Sofía pasó una mañana distraída, recibió varios toques de su jefa por haber dado tablas de ejercicios equivocadas. Menos mal que por la tarde, después de esa tila, todo fue sobre ruedas, hasta pudo hablar con su amiga para quedar ese viernes después de la clase de tango. Le apetecía tomar algo antes de emprender el fin de semana de chicas tan deseado.

Nerea no cabía en sí de gozo al saber que solo faltaba un día para poder disfrutar de la compañía de su amiga, tenía la intención de serle franca y confesarle lo que sentía. No sabía cómo iba a tomárselo, pero si no lo hacía, cabía la posibilidad de que ese lagarto de profesor se adelantase y le hiciese daño, y eso, no se lo perdonaría. Con lo que no contaba era que Sofía pudiese sentir lo mismo por él, si resultaba ser así, la lanzaría a los brazos del argentino.

Susúrrame entre las Piernas

El gimnasio se iba quedando vacío, y Sofía empezó a recoger todas las fichas. Para su sorpresa, su jefa se acercó y le dijo que se podía ir.

— Sofía, he visto que hoy llevas un día bastante liado, así que ya puedes irte a casa.

— Pero Esther, si falta más de media hora—se quedó sorprendida, pues no se lo esperaba.

— Por favor, hazme caso, anda, vete a casa y descansa. Mañana será otro día.

— De acuerdo, gracias Esther. Hasta mañana—lo agradeció. Se sentía exhausta. Solo quería llegar a su casa, darse una ducha caliente y dormir.

Adelmo cometió la locura de pasar por el gimnasio, necesitaba verla, no podía esperar al día siguiente. Deseaba contarle lo de su ascenso, tomarse algo y por qué no disfrutar de su compañía, pero al parar en la puerta y ver que la que estaba en recepción era Esther, se quedó helado. Un millón de ideas se le pasaron por la cabeza, empezó a pensar que quizás ella se podría sentir mal después de lo ocurrido la noche anterior o que le hubiera sucedido algo. No quiso alarmarse más de lo debido o sería capaz de ir a su casa, y si resultaba ser que no era nada de eso, haría el ridículo y destaparía sus sentimientos, esos que estaban aflorando a pasos agigantados y aun no era el momento. Así que muy a su pesar, se fue a su piso.

Llegó el esperado viernes para Adelmo, estaba tremendamente feliz ya que hoy estrenaría nuevo despacho y puesto; y como no, esa tarde tendría la oportunidad de seducir y compartir su triunfo con esa mujer que tan especial se había vuelto. Aunque quedaba un cabo suelto y era despedir a Clara o se liaría la historia cualquier día sin previo aviso, reconocía que a veces era débil y sucumbía a los imprevistos deseos.

Para Sofía también era un buen día, haber salido antes del trabajo el día anterior le había sentado estupendamente, también se acercaba la hora de salir de trabajar y empezar su esperado fin de semana, playa, sol, cubatas y su mejor amiga, que más se podía pedir.

El día para Adelmo fue intenso por reuniones y por tenerse que ponerse al día con los nuevos empleados, entre ellos sus nuevas secretarias. Sí, al final se había salido con la suya y había despedido a Clara. Se le pasó la mañana muy rápida, cuando quiso darse cuenta ya estaba preparando la bolsa de deporte para irse al gimnasio.

A Sofía, esa mañana le resulto rápida también, pues se apuntó mucha gente al gimnasio, tanto en zonas de baile como de entrenamiento. Y su cabeza ya volaba a la salida de la tarde para tomar esas copas relajada, aunque había algo que la mantenía bastante nerviosa y era la clase de ese día. ¿Qué pasaría cuando lo tuviera delante?, seguro que no podría concentrarse y metería la pata. Y cómo reaccionaría él cuando la viese, solo de pensarlo se ponía colorada y unas calores comenzaban a crearse entre sus piernas, mojándola sin compasión; tuvo que ir al baño a cambiarse de bragas.

Llegó la hora de la clase de baile, su jefe llegó puntual para hacerle el cambio, como habían quedado con anterioridad. En el local solo quedaban dos aulas, en una estaban acabando de bailar y en la otra de ocho personas de entrenar. Se dirigió a los vestuarios a cambiarse de ropa y de ahí a la clase. Entró por la puerta y sus ojos se encontraron por unos segundos, a los dos se les encendió el deseo; a él le salió una sexy sonrisa ladina y a ella se le sonrojaron las mejillas.

Adelmo empezó a buscar en el *"pen"* el tango que bailaban en sus clases. Se acercó y le ofreció la mano, cuando empezó a sonar, la magia surgió entre ellos, envolviéndolos sin poder remediarlo, entre giros y pases de piernas, sus cuerpos tomaban vida propia. Cuando en unos de los pasos inclinó el cuerpo de Sofía y la volvió a levantar pegándola al suyo, sus labios se sellaron en un beso pasional.

El tango siguió sonando, perdieron la noción del tiempo, se besaron y abrazaron hasta que una tos los sacó de su mundo privado convirtiéndolo en público. Era Nerea que había ido a buscarla y se había encontrado con aquella escena. Estuvo como cinco minutos paralizada ante esa imagen que se encontró. Su mundo se acaba de derrumbar, apenas pudo tragar saliva al ver a su amor oculto besando con esa pasión que deseaba para ella. En su cara podía leerse la decepción, Sofía no se percató de ello pero él sí, y un instinto se disparó en su interior, se dio cuenta enseguida de lo que esa mujer sentía por Sofía y no le gustó para nada. También le entraron algunas dudas sobre la sexualidad de Sofía. Si era bisexual, la cosa se complicaría en su plan de conquista ya que la quería solo para él y su disfrute.

— Perdón por la interrupción.—Su cara era un poema y solo pudo articular esas palabras pues por momentos su ira iba en aumento por los celos.

— ¡Hola, Nerea! Estábamos acabando, en un momento me cambió y nos vamos—intentó disimular pero se moría de vergüenza.

— Perdona por lo que has visto, pero cuando la pasión fluye hay que dejarla correr—exclamó Adelmo, sabía que esas palabras iban a ser una daga, y su intención era intentar dejarla fuera de juego lo antes posible. Tener de adversario a una mujer le dejaba un poco perdido, pues nunca había tenido que sacar sus armas de defensa hacía el sexo femenino.

— Tranquilo profe, se lo que es la pasión, no hace falta que me des lecciones, ¿te queda claro?, y otra cosa más, no le hagas daño o no sé lo que te haré—Aprovechó que se fue a los vestuarios para marcar su terreno con ese mujeriego al que creía tener calado, sabía que cuando se cansara del cuerpo de su amiga le daría puerta, causándole dolor. Conocía a los de su calaña y más conocía a su amiga, y por lo que había pasado por culpa de los hombres así.

— Perdona, no era mi intención darte clases "de nada", así que no me ataques sin saber—Adelmo se dio cuenta de que era una guerrera nata y al no tener experiencia sobre el terreno, decidió que debía pisarlo con cautela pero sin bajarse de su trono de Don Juan.

— ¡Jajaja!, no te ataco pequeñín, ni quiero tus clases. Creo saber de qué palo vas, conozco a los de tu clase.

— ¿Qué pasa aquí?—entró en ese momento Sofía— estáis los dos discutiendo ¿Se puede saber por qué?

— Tranquila pequeña, ha sido un mal entendido, ¿verdad señorita Nerea?—No quería sacar las cosas de contexto o la perdería, pues era su mejor amiga y él, solo de momento, su profesor con derecho a roce.

— Sí, chiquitín, solo eso.—Tampoco quería que ella descubriese que el motivo de su cabreo eran los celos que la carcomían por el amor que sentía por ella desde hacía años, y que no se había atrevido a confesar aun.

— Bueno, nos vamos, y por favor Adelmo no me llames pequeña y dejaros de diminutivos pinchosos. Nos vemos el próximo viernes, y gracias por esa preocupación por el avance de mis clases—no se fue muy convencida, intuía que algo extraño había pasado entre aquellos dos.

— Bueno, te veré antes en tu puesto de trabajo el lunes, ¿no? Aunque pensaba invitarte a cenar para celebrar una muy buena noticia, pero esperaré al lunes para decírtela.—Se sentía frustrado pues la deseaba a rabiar y más después de ese beso, su plan hubiese salido bien si no hubiese llegado esa mocosa.

— Vale, tranquilo, ya nos vemos el lunes, buen fin de semana— Sofía necesitaba salir para bajar ese calentón que sentía, tenía que calmarse. Miró a su amiga, no entendía que le había pasado para tener ese arranque de protección hacía ella.

Salieron del gimnasio, y a Nerea le costaba respirar, seguía de mala leche al no haberse podido desahogar a gusto con ese tipo. A Sofía le llamó la atención el comportamiento de su amiga, no llegaba a entender el por qué le contestaba así a su profesor sin conocerle de nada. Nunca llegaría a imaginar el verdadero motivo, pues entre ellas siempre había existido una conexión como hermanas, nunca le echó más sal a sus muestras de amor por eso. Así que la llevó del brazo hasta el coche y se fueron a la zona de copas a pasarlo bien, pues les hacía falta y con urgencia.

Llegaron al sitio, los ánimos se habían calmado durante el viaje y al poner la música y cantar a dúo, hizo que los nervios volaran fuera. Nada más entrar al disco-pub se dirigieron a la barra, se pidieron dos cubatas y de ahí a una de las mesas cerca de la pista de baile. Estuvieron hablando entre gritos del viaje que comenzaría al día siguiente, hasta que sonó una *"lambada"* que las hizo salir como muelles a la pista a bailar. Nerea disfrutaba porque estaba en contacto con el cuerpo de Sofía, que la volvía loca de deseo, eso sí, controlándose para no besarla en todo momento, ya que es lo que le provocaba esa proximidad que les daba esa música. Así pasaron la noche entre risas, charlas y cubatas.

Adelmo se fue a casa y cuando estaba a punto de tumbarse en el sofá después de una ducha, le sonó el teléfono. Era su jefe, tenía una fiesta preparada para celebrar su ascenso. Apenas pudo escuchar que lo esperaban en un local de Madrid llamado *"Randall"*, la música sonaba bastante fuerte y los pies se le movían solos al escucharla. Contestó diciendo que tardaría un poco en ir, tenía que arreglarse. Aunque eso de que lo esperaban lo dejó pensativo... quién estaría allí para pasar la noche; conociendo a su jefe seguro que habría contratado a varias bellezas para amenizar la velada. Por un lado, no le apetecía estar con mujeres y menos hoy, pero también necesitaba sacar fuera esa frustración que se le había quedado al no tener esa noche a Sofía para él, y sobre todo de imaginársela con su amiga. Se le revolvía el estómago solo de pensarlo, así que se lanzó con sus mejores galas y su mejor sonrisa a la noche de Madrid.

Tardó unos veinte minutos en llegar, aparcó y entró en el local. Preguntó por su jefe y le llevaron hasta la mesa donde se encontraba con cuatro chicas a cual más tremenda, tenía que reconocer que tenía un gusto exquisito para elegirlas. Para llegar hasta ellos tuvo que tocar algo de la pista y sin querer empujó a una pareja que estaban bailando "bachata", al darse la vuelta para pedir disculpas con un gesto, se le descompuso el cuerpo al contemplar a Sofía y a Nerea bailando bastante sensuales y pegadas. Su rival al contemplar la cara de sorpresa y asombro, puso su mejor sonrisa y le guiñó un ojo, antes de

133

que su amiga pudiese darse cuenta de con quién habían tropezado. Bailando la llevó al otro lado de la pista para que no se diera cuenta de que Adelmo estaba en el pub. A éste no le quedó otra que acudir a la mesa, aquellas mujeres le sonreían coquetas y hambrientas de deseo.

La noche transcurrió entre copas y *Sobeteos* para él, aunque sus ojos no paraban de buscarla. Una de las chicas se dio cuenta de que buscaba algo, e hizo todo lo posible para que se relajara y para que estuviera pendiente de ella...lo consiguió.

Después de varios cubatas más Sofía tenía la necesidad de ir al baño y así se lo hizo saber a su amiga, que sabiendo quien estaba allí no la dejaba sola ni un instante. La acompañó al aseo que estaba cerca de donde se encontraban ellos, intentó no parar de contarle cosas para mantenerla ocupada mirándola y que no mirase para su derecha, pero una risa llamó su atención casi en la puerta; al girarse, pudo ver como una rubia guapísima estaba encima de las rodillas de Adelmo, no daba crédito a lo que sus ojos estaban viendo y para cerrar cualquier duda pudo observar cómo le comía la boca sin miramientos. En ese momento sintió nauseas, hacía horas que había besado esos labios y juraría que su beso pasional había sido correspondido con la misma intensidad, pero esto le decía lo contrario. Una lágrima empezó a caer por su mejilla y no pudo controlar ese dolor y ganas de llorar. Su amiga al ver todo lo sucedido la cogió por la cintura, le dio un cariñoso beso en la mejilla y se la llevó dentro, se metió con ella en un compartimento y dejó que llorara en su hombro para ahogar su llanto, una vez se hubo calmado la acercó al lavabo y limpió su cara con cariño.

— Ahora vamos a salir a comernos lo que queda de la noche, y vas a disfrutar de la vida. Por favor, no pienses en ese tío ahora, ¿vale?—Nerea quería reconfortarla, no se había equivocado con aquel canalla.

— Duele mucho, corazón, pensaba que era diferente a los demás, pero me equivoqué—A Sofía se le rompió el alma con aquella escena.

— En verdad no le conoces, así que pasa de él y trátalo como lo que es, tu profesor y punto, hazme caso.

— De acuerdo, vamos a por esta noche y todo el fin de semana.—Sorbió por la nariz la moquilla que aún le quedaba del sollozo y salió con su mejor sonrisa.

Susúrrame entre las Piernas

En ese momento sonó *"una salsa"*, salieron cogidas y bailando, pasaron por delante de la mesa de Adelmo sin prestarle atención, él estaba de pie para ir al aseo y las pudo ver de nuevo, pero esta vez le vio la cara a esa mujer que le tenía pillado, aunque no quisiera admitirlo. La reacción de ella al cruzar sus miradas no fue de pasión como él esperaba, pudo ver odio en esos ojos y eso no le gustó. Supuso que habría visto algo de lo sucedido en la mesa, maldijo su suerte por ir a parar al mismo local. Ellas siguieron su fiesta en la pista, la forma tan sensual de bailar de las dos hizo que algunos hombres se acercaran a observar, incluso a querer bailar con ellas. Estaban tan absortas en la música que no dudaron en hacer cambios de pareja de baile con alguno de ellos, provocando con ello llamar la atención de más hombres y mujeres. Adelmo se dispuso a ir a la barra con la excusa de pedir dos botellas más de champagne, así podría ver que es lo que pasaba y también saber dónde estaba. Al llegar casi al final de la pista pudo verla muy pegada bailando con un pulpo, porque es lo que parecía ese tío, no dejaba ni un centímetro del cuerpo por tocar, aparte la sensualidad de ella bailando, eso le puso muy celoso, no podía ver como la agarraba y la cercanía de ese tipo con la música tan sensual caldeaba más el ambiente, le salió el impulso de ir a quitárselo de un puñetazo, pero ese odio que vio en sus ojos era muy grande y si interfería ahora, ella sería capaz de montar un escándalo y eso a él no le convenía con su nuevo ascenso. Pensó que lo mejor sería ir a por las botellas y seguir la noche. Esperaría el momento oportuno para pillarla a solas, si su amiguita del alma la dejaba, claro, ya que no se separaba. Optó por disimular en la mesa con su jefe y las chicas y así poder tener un buen ángulo de visión, desde donde estaba sentado. La noche se le estaba haciendo eterna y las ganas de hablar con ella crecían, la necesitaba más de lo que pensaba. Con una excusa se quitó a la rubia de encima, dejándola con un palmo de narices y se dirigió a donde estaban ellas bailando con esos tipos, al estar separadas, sería fácil cogerla y ponerla fuera del alcance de Nerea, así podría hablar con ella y explicarle. Se fue derecho, se puso al lado de Sofía y con un gesto suave invito al otro hombre a ladearse y cederle el puesto, ella no se percató hasta que ya estaban bastante ladeados del grupo y pudo escuchar en su oído:

— Buenas noches, preciosa, bailas muy bien.

— Pero ¿Qué haces?—Sofía se molestó.

— Bailar contigo, como lo han hecho los otros tipos toda la noche, ¿acaso no puedo?—preguntó perdiendo un poco los papeles.

— ¿Me has estado vigilando?, ¿de qué vas?—el alcohol envalentonaba más a Sofía.

— Solo he observado, no vigilado. Voy de alguien que se preocupa por ti, y ve que esos hombres van a intentar cosas que no deben contigo—intentó hacerla razonar para calmar su carácter.

— ¡Mira quien fue a hablar!, pero si tú lo has hecho esta tarde sin ir más lejos conmigo, te ha resultado fácil, ¿verdad? Quiero que me sueltes ahora mismo, por favor—seguía muy despechada.

— Yo no lo he hecho a mala fe, sabes también como yo lo que pasó entre nosotros ayer, no creo que sea igual que ellos. Y no pienso soltarte hasta que no aclaremos lo que hayas podido ver en la mesa con mi jefe y esas mujeres, que te aseguro que no es lo que parece—tenía claro que no se iría hasta que entendiera sus razones.

— En serio Adelmo, creo que no es buen momento de hablar de nada y se perfectamente lo que he visto y la verdad que no soy nadie para ti, para que tú me tengas que explicar lo que haces con tu vida. Así que ahora déjame marchar.

— No, lo siento. Para mí eres más de lo que tú crees y hasta yo llegué a pensar…— no era momento para sincerarse del todo— En serio, necesito hablar contigo ahora.

En ese momento su amiga se dio cuenta de con quien estaba y se acercó lo más rápido que pudo, poniéndose entre los dos como un huracán.

— ¿Quién coño te crees?, déjala de una vez, ya le has hecho bastante. Anda y vete con tus putitas—Nerea no tenía pelos en la lengua y menos para ese canalla que lo tenía atravesado entre ceja y ceja.

— Nerea, te ruego que te apartes, necesito hablar con ella—intentó ser lo más educado posible, no quería espantar a Sofía.

— ¿Para qué?, le vas a contar el cuento de caperucita, ¡chaval!—no se bajaría del burro hasta echarlo de su lado.

— ¡Parar ya los dos!, creo que necesito irme a casa, así que si nos disculpas nos vamos de tu vista, que acabes bien la noche—Sofía echó andar sin mirar atrás, estaba muy cabreada.

— ¡Espera!, por favor, dame una sola oportunidad, no será mucho tiempo—Adelmo estaba quemando su último cartucho.

— No, es mejor dejar las cosas como están, de verdad—Sofía no podía olvidar ese beso en labios de otra mujer.

— Está bien, respeto tú decisión. Pero el lunes sabes que lo volveré a intentar, no quiero qué te hagas una imagen de mí que no es—lo miró con una sonrisa amarga y se marchó dejándolo con la palabra en la boca.

— Disfruta machote.—exclamó Nerea poniendo punto final a la conversación, eso sí, se aseguró de que su amiga no la oyese.

Él se giró con cara de desprecio y una sonrisa socarrona. Esa noche ya no fue igual para ninguno de los dos. Ella se fue con más dudas que antes y él ya no quería que ninguna de las chicas lo tocara y menos besara. Se levantó con el pretexto de que se encontraba mal del estómago y se disculpó para poder irse a casa, allí ya no pintaba nada. Su jefe al no percatarse de nada le creyó guiñándole un ojo mientras le metía mano discretamente a la que tenía al lado. Se fue directamente a su piso y se metió en la cama, sin poder quitarse la imagen de esos ojos que antes tenían pasión y ahora le miraban con un odio que llegaba a doler. No quería perderla, pero tampoco atarse, no servía para comprometerse, pero esa mujer estaba despertando algo que no llegaba a comprender ni controlar.

Nerea llevó a Sofía a su casa, pues la quería tanto que no podía dejarla sola en ese estado, pero su amiga insistió en que se llevara el coche y que la recogiese por la mañana para salir de viaje, necesitaba estar sola. Se dejó caer en la cama, recordar las palabras que él le había dicho antes de irse, que no quería que se hiciese una idea equivocada, la llenaba de dudas, pues no entendía por qué decía eso después de saber que le había visto comerle la boda a esa tipa y meterle mano. Solo recordar aquellas imágenes, se le ponía un nudo en estómago y solo quería llorar. Se dio la vuelta, se abrazó a la almohada y lloró desconsoladamente ahora que nadie la veía. Se pasó las horas llorando hasta que por el agotamiento se quedó dormida. A la mañana siguiente, sonó el despertador que se olvidó quitar con toda la movida, pues sus ojos estaban hinchadísimos de tanta lágrima, así que decidió poner dos cucharas en el congelador y mientras se duchaba les daba tiempo a enfriarse; después de refrescarse las sacó del congelador y se tumbó de nuevo poniéndoselas en los ojos, eso bajaría bastante la inflamación. Si no, su amiga se enfadaría con ella y con razón.

La mañana del sábado, no fue igual para él. No tenía ganas de levantarse, se sentía desganado, nunca se había sentido así de afligido. Se había enamorado de ella hasta las trancas sin apenas darse cuenta, y ahora Sofía desconfiaba de todo. Sabía que era una ardua tarea que volviera a confiar en él, pero no se iba a resignar, si la perdía ahora, no se lo perdonaría nunca. Si en estos momentos ya sentía ese vacío, ¿qué sería si no pudiese volver a verla? Hizo un esfuerzo y se levantó, llamó a Andrés para quedar a comer y pasar el resto del día. Tuvo suerte, ya que su amigo había organizado una barbacoa en casa con los compañeros de trabajo, los cuales eran empleados de Adelmo. Sonaba bien el plan, se puso su bañador con una camiseta, se preparó la toalla y unas chanclas, ya que disponía en ese chalet de piscina. Cogió su coche y sin más demora se fue a pasar el día, deseando que todo ese ambiente le hiciese desconectar. Llegó antes de lo que pensaba, el "TOMTOM" le llevó por un camino más corto que no conocía. Nada más abrir la puerta se encontró a su amigo, que al verle la cara, no dudó en preguntarle:

— ¡Hola jefe! ¡Vaya cara que traes! ¿A qué se debe?

— ¡Hola Andrés! Tranquilo, no es nada. Tan solo que anoche nuestro superior me llevó a celebrarlo y ya sabes cómo se las gasta.

— Vaya, vaya. Ahora lo entiendo, pero hay algo más—lo escudriñó, conocía muy bien a Adelmo— Ya sabes que te conozco más que la madre que te parió. Anda y cuéntame lo que te sucede, por favor.

— ¡Joder! Como eres Andrés, no se te escapa ni una. A ver, resumiendo, he conocido a una chica y me ha calado más de lo que yo pensaba—soltó a la carrera, lo suyo no era profundizar en los sentimientos.

— Pero eso no es problema para ti ¿o sí? De hecho no se escapa ninguna a tu seducción, Don Juan—lo único que pretendía con su sarcasmo era hacer pensar a su amigo.

— Es que esta persona me ha calado hondo, tío. Y creo que anoche la cagué, vio algo que no era y ahora el no perderla va a ser difícil. Quise hablar y hacerla entender, pero su amiguita del alma es un estorbo y encima se nota que está enamorada de Sofía.

— ¡UFFFF!, has pronunciado su nombre, cosa que nunca haces con tus conquistas, chaval, esto suena serio, y para más inri su amiga es lesbiana y está por ella. Lo tienes jodido.

— Eso, en vez de darme ánimos, bájame la moral un poco más. Seguro que encuentro la manera de atraerla de nuevo a mí—necesitaba ser positivo, se estaba volviendo loco.

— No lo dudo, pero deberías plantearte si de verdad vale la pena.

— Te aseguro que el poco tiempo que hace que la conozco, sí, merece la pena y mucho. Las clases me han dado la oportunidad de irla conociendo profundamente, ahora solo me queda la parte de los sentimientos.—necesitaba analizar muchas cosas que no entendía o le daban miedo.

— ¡No me jodas Adelmo! ¿Te has pillado por una alumna? Tú mismo lo dijiste una vez, solo conquistas, no estás preparado para relaciones serias. Y menos del trabajo.

— Bueno, tranquilo, ya saldré de esta. Ahora he venido a pasar el día con mi mejor amigo, así que vamos a ello—zanjó el tema, no le apetecía seguir hablando.

— Vamos a ello—se propuso hacer olvidar a su amigo y que pasara un día estupendo.

Se reunieron con el resto de invitados, le presentó a algunos que aún no conocía y se fueron hacía la barbacoa. Andrés le ofreció una cerveza y le pasó el porro que llevaba encendido, él no dudó en darle varias caladas, con tanta ansia que le dio la tos, pues no era fumador asiduo. A la segunda cerveza y tercer canuto ya pensaba más suelto y era lo que su amigo quería conseguir. Después de la comida llegó el baño, los cubatas y los porros fueron a más, ya que alguien había llevado varios gramos de coca. Hubo un momento en que la cosa se fue desmadrando, hasta el punto que ningún cuarto del chalet estaba vacío. Adelmo se levantó de la tumbona y fue al baño, cuando estaba orinando notó como una mano le acariciaba la cintura e iba en dirección a su miembro, le gustaba la sensación y se dejó llevar, nada más terminar de orinar, ella con una destreza increíble se la espolsó, le dio la vuelta y lo acercó al baño comprobando que le gustaba lo que estaba pasando, pues su miembro fue en aumento. Se la limpió y luego se arrodilló delante de él, empezó lamiéndole los testículos, pasando por el tronco hasta acabar en el glande, lo mordisqueó primero y acabó introduciéndolo en su boca hasta el fondo, consiguiendo que él soltara un gemido y se tuviese que apoyar en la pared, estaba sintiendo mucho placer. Lo que no sabía, es que esa chica antes había chupado coca y se la estaba pasando a través de su pene que ya estaba erecto, consiguiendo que el placer fuese mayor. Hay que decir que le estaba haciendo una buena felación. Cuando estaba casi a punto de correrse entró alguien más en el baño cortando y alargando más el placer, era una amiga de la que estaba debajo de él, que sin dudarlo y con un descaro sensual fuera de lo normal, se acercó y empezó a comerle la boca, mientras cogía sus manos y se las ponía en los pechos apretándolos. Estuvo aguantando todo lo que pudo y lo que la coca le ofrecía, para poder saborear mejor a esas dos mujeres. Acabó eyaculando en su cara mientras la otra se quedaba con sus gemidos en cada beso que le daba. Se ducharon los tres y al salir cada uno se fue para un lado. Él no sabía ni como pudo llegar a eso, pero le gustó y quiso seguir saboreando a cada una que estuviese por allí, ya que su amigo se había molestado en traerlas, habría que aprovechar la ocasión. Así que se dirigió a la cocina a por algo fresco y buscar a otra que le bajase la nueva erección que llevaba, no sabía por qué pero estaba muy excitado, estar así le distraía y no pensaba en ella y quería aprovecharlo. Así era su lado oscuro.

A las nueve en punto llegó Nerea a casa de su amiga, ella ya estaba arreglada y con todo preparado en la entrada. Se había maquillado un poco para que no se le notasen las pequeñas bolsas que le habían salido de llorar la noche y se puso sus gafas de sol, haciendo todo lo posible para no quitárselas en todo el día. Entre las dos cargaron las cosas en el coche, programaron el navegador y se lanzaron a por esos dos días tan merecidos. Apenas hablaron en el trayecto hasta llegar al hotel, se notaba que era un tema delicado. Nerea no hablaba porque tenía miedo de que su amiga le reprochara el comportamiento del día anterior, y Sofía porque pensaba que su amiga se había enfadado con ella por lo que vio en la clase, luego en el local y encima no le había contado nada de nada antes, cuando no se guardaban ningún secreto. Menos mal que la música siempre amansa a las fieras, y para cuando quisieron darse cuenta, ya habían llegado a su destino y en sus rostros ya se habían dibujado unas sonrisas. Dejaron el coche medio subido a la acera, y se fueron derechas a verificar la reserva, una vez lo hicieron, sacaron las maletas y Sofía se fue al parking a dejar el coche a cubierto, pues el calor que estaba haciendo era descomunal para dejarlo sin techo. Mientras, Nerea vigilaba las maletas para poder subirlas al cuarto e instalarse lo antes posible, y lanzarse al agua sin demora.

Cuando la vio entrar por la puerta con ese sombrero que le sentaba tan bien, tuvo la tentación de darle un beso, pero debía esperar para decirle todo lo le despertaba, y la verdad que no sabía muy bien cómo entrarle para explicárselo. No quería que se lo tomase a mal, ni le diera de lado si no llegaba a compartir los mismos sentimientos. Sofía se dirigió al ascensor y apretó el botón de llamada, subieron hasta el cuarto piso donde se encontraba la habitación que tendrían que compartir. Cuando entraron en la estancia, las dos se quedaron sorprendidas por lo grande que era y las vistas que ofrecía. Sofía le agradeció la elección que hizo al escoger el hotel.

— ¡CORAZÓN!, que pasada de cuarto. Tengo que reconocer que tienes buen gusto, es una maravilla. Y tiene unas vistas fabulosas.—Sofía estaba encantada.

— Gracias, la verdad que no me lo había imaginado así. Y referente al gusto, el mejor, te tengo a ti como amiga, qué más puedo decir—Bueno ya había soltado la primera pista, ahora esperaría el momento oportuno.

— ¡Anda ya!, sabes que soy de lo más normalita que hay en este mundo. Pero bueno, tú no te quedas atrás corazón.

— Bueno, que te parece si nos cambiamos y nos vamos a la piscina antes de comer para refrescarnos. Y a la tarde ya vamos a la playa. ¿Te parece bien?

— Muy buena idea. Mira que eres inteligente—le sacó la lengua haciendo una pequeña broma— Por eso te tengo de amiga, que lo sepas.

— Ya te vale, anda y vamos a cambiarnos de ropa. Que a ti no hay quien te coja.

En un abrir y cerrar de ojos se habían cambiado, bajaron a la piscina entre risas y bromas. Consiguieron coger una buena sombrilla y colocaron sus toallas, dispuestas a disfrutar de esa agua tan fresquita. Sin pensárselo dos veces, Sofía se tiró a la piscina, nada más asomar la cabeza para coger aire escuchó un silbato, era el socorrista. Se dirigió hacia ella.

— Buenos días, señorita. Veo que no se ha leído las normas de este recinto.

— Disculpa, pues no, ya que acabamos de instalarnos— contestó de mala gana, no quería empezar sus días de relax cabreada.

— Pues le rogaría que las leyese, aun así, le informo que hay que ducharse antes de entrar en el agua, en esas duchas que hay aquí a su lado ¿las, ve?

Nerea que ya estaba en la toalla se partía de risa, al ver a su amiga de mal genio con el chaval. Sofía se fue a las duchas y mirándolo fijamente abrió el grifo dejando caer el agua por su cabeza y rozándose la piel, provocándolo y al mismo tiempo burlándose. El chico sonrió, pues sabía a qué estaba jugando y las mujeres así le gustaban mucho. Nunca se sabía lo que podía pasar con mujeres así. Una vez se enjuagó bien acudió a la sombrilla sin parar de sonreír, pues la situación que acababa de pasar al final le gustó. Nada más llegar se puso en la tumbona al lado de su amiga, que la estuvo contemplando cuando se duchaba; sin poder remediarlo, se había excitado al verla. Sus pezones estaban erectos y la parte de debajo de su biquini estaba empapada y no de agua, el verla ahora tumbada aún le hacía desearla más si cabe. No dudó en poner la excusa de que estaba ahogada de calor y fue derecha a refrescarse o le daría algo. Nadó un poco y luego fue hasta la esquina de la piscina donde estaban situadas, apoyó sus brazos en el bordillo y la contempló desde ahí, su deseo no había cesado pese a estar en el agua fría, miró a ambos lados y los demás usuarios del recinto estaban distraídos en lo suyo, sin dudarlo dos veces metió la mano dentro del biquini y empezó a acariciarse mientras la miraba, el sentirse rodeada de personas y tenerla delante viendo su cuerpo, la animaba a disfrutar mucho del momento, cuando ya estaba a punto de correrse, se hundió en el agua introduciendo sus dedos más profundamente, sintiendo un placer inmenso, debajo del agua pudo silenciar el gran jadeo del orgasmo que le vino. Sofía en la tumbona seguía boca abajo ajena a lo que acaba de suceder, hasta que Nerea llegó a su lado chorreando de agua y se puso encima mojándola y provocando que pegara un grito de impresión por el agua fría que le estaba cayendo por la espalda, ni corta ni perezosa se lio a darle con la gorra por todas partes por el susto que le había dado; Nerea por su parte, no podía parar de reírse al ver su expresión. Ésta la llevó, poco a poco, a la piscina y la agarró con fuerza para tirarla al agua, cayeron juntas muertas de risa. El socorrista hizo la vista gorda, se estaba divirtiendo con el espectáculo. Una vez dentro del agua y con la excusa de jugar, los roces de sus cuerpos eran continuos, para Sofía era algo normal, pero para Nerea, era un tormento no poder llegar hasta donde quería, pero era mejor eso que nada, aunque de hoy no pasaba el confesarle sus deseos y sentimientos.

Subieron de nuevo al cuarto, se dieron una ducha por separado y se arreglaron para ir a comer. Bajaron al buffet libre del hotel, y se sirvieron hasta quedar llenas, todo eso regado con un buen vino blanco fresquito. Una vez que terminaron de comer, se les quitaron las ganas de playa. Se darían una pequeña siesta y luego un ratito de playa. Así lo hicieron y sobre las cinco bajaron a pisar la arena. Nada más llegar, Sofía decidió ponerle crema protectora a su amiga, la cual se dejó encantada, con la condición de que luego sería al revés; mientras, disfrutó del tacto de sus manos e intentó relajarse todo lo que pudo. Cuando le tocó su turno, se propuso esmerarse de manera que sintiese todo lo que la deseaba a través de sus manos, y sí que lo consiguió, cuando pasó de la espalda a sus piernas, el roce de sus dedos en la cara interna de los muslos hizo que ella sintiese una pequeña corriente de placer en su sexo, esa sensación la pilló por sorpresa, pues le había gustado. Después de pasar ambas una tarde excitadas, una por tocarla y la otra por esa nueva sensación, regresaron al hotel y se prepararon para ir a cenar y de copas. Esa noche cenaron en un restaurante cercano, donde las miradas fueron insinuantes y las dos intentaron que la conversación fuera distendida, pero la atracción entre ellas ya había nacido, Nerea había conseguido su objetivo sin saberlo.

Después de esa suculenta cena se dirigieron a una discoteca donde había también actuaciones, se pidieron las copas y se sentaron en una mesa que quedaba casi oculta de las ya pocas luces que había en el local. En el transcurso de la noche las caricias de manos al coger las copas sin querer, fueron dando paso a que se desearan más, Sofía aunque se sentía perdida quería saciar ese deseo que había nacido nuevo en ella por su amiga, así que no lo dudó dos veces y sin previo aviso, le cogió la cara y le dio un beso que cortó rápido por miedo a haber metido la pata. Nerea tampoco lo dudó más y le respondió con otro beso, pero esta vez con lengua. A las dos les pudieron las ganas y sin ningún reparo se fueron al baño, donde se metieron en uno de los habitáculos y cerraron la puerta con pestillo. Comenzaron a comerse la boca sin parar de meterse mano. Al ver a su amiga tan excitada como ella y respondiendo a lo que había estado esperando tan ansiosamente, se arrodilló levantándole el vestido y apartándole el tanga, empezó con sus dedos a abrirle sus labios vaginales, seguidamente procedió a hacerle una comida tan sensual y placentera que Sofía tuvo que morderse el dedo para no gritar. Le gustaba lo que estaba sintiendo y al mismo tiempo le asustaba, pero quería seguir. Cuando terminó, se puso de pie y su amiga no le dio tregua aunque aún estaba respirando acelerada por el orgasmo que acababa de tener, la cogió y le comió la boca apretando sus pechos algo torpe pues era la primera vez que estaba con una mujer. Se fueron al hotel y disfrutaron de una noche larga y placentera para ambas. El domingo lo pasaron la mayor parte subiendo y bajando al cuarto a desfogarse, la nueva experiencia la atrajo tanto que no dejaba de estar excitada al lado de su amiga.

Susúrrame entre las Piernas

Llegó el lunes y como no podía ser de otra manera, cada cual acudió a su puesto de trabajo, él pensando en la tarde para verla y arreglar las cosas y ella pensando en lo sucedido el fin de semana. Si ya llevaba poco lío en su cabeza con las palabras del profesor, solo faltaba la confesión de su amiga y darse cuenta que también le gustaba el sexo con mujeres. Llegó la tarde y Adelmo se presentó antes de la hora de las clases, quería hablar con ella para aclararle todo, ahora que se había dado cuenta de todo lo que le hacía sentir no quería perderla. Aunque el fin de semana desmadrado, en vez de hacerle olvidar, le hizo darse cuenta de que los sentimientos hacía ella eran fuertes. Se acercó y puso sus manos en el mostrador, Sofía al reconocerlas levantó la vista. Su mirada había cambiado ya no había tanto odio pero tampoco el mismo deseo, aun así su impulso pudo más que él y la cogió para darle un beso apasionado tan rápido que apenas se dio cuenta de lo que sucedía hasta que notó sus labios, su boca y su lengua. Por unos instantes estuvo en una pequeña nube hasta que le puso las manos en el pecho y le empujó hacia atrás, en esos momentos tenía una lucha interna, sabía lo que sentía por él pero lo que vio en el local aquella noche no se le borraba de la cabeza y no llegaba a entenderlo. Por más que él le explicó, no llegaba a

155

fiarse. Una parte de ella quería creerle y quería hacerlo más de lo que pensaba y otra le pedía a gritos que se alejara de ese hombre. Con pesar ante la respuesta de Sofía de que tenía que pensarlo, se fue a las clases de tango, sin ni siquiera hacer su entrenamiento, se sentía abatido. Lo vio marcharse con la cabeza medio agachada y su semblante triste, era la primera vez que no se quedaba mirando su culo.

El día aún le tenía una sorpresa más, después de lo ocurrido esos dos días, Nerea tenía la esperanza de poder empezar una relación de pareja con su amiga y no lo dudó ni un segundo, fue a esperarla a la salida del trabajo. Cuando salió y la vio allí se quedó parada, pues no esperaba verla tan pronto. Su interior era una telaraña de sentimientos hacía dos personas totalmente opuestas, y sexos diferentes. Sofía se acercó, le dio dos besos y le pidió hablar, necesitaba dejar las cosas claras por lo menos con ella. Le confesó que sí, que había nacido un nuevo sentimiento hacía ella, pero que aún no se sentía preparada, y estaba también con muchas dudas, ante todo quería aclarase para no hacer daño a ninguno de los dos, ya que también seguía sintiendo algo por él. Su amiga no se lo tomó muy bien, aunque entendía su postura, si tenía que esperar lo haría, pues su amor por ella había crecido mucho más desde lo ocurrido.

Sofía volvió a casa con la sensación de haber traicionado a dos personas a las que amaba a la vez, aunque aún se preguntaba cómo había llegado a estar en esa situación en apenas una semana. Después de una larga ducha, se tumbó en el sofá, cerró los ojos e intentó poner orden a esos sentimientos nuevos que habían aflorado tanto por Ademo como por Nerea, difícil tarea cuando se siente tan intensamente y encima por dos personas. Puso en una balanza lo más equilibradamente posible los sentimientos de ambos para intentar ser fiel a las normas que siempre habían regido su vida. Le resultó difícil decidir que lo más sensato sería estar sola un tiempo, pero lo que más le costó decidir era qué hacer con sus clases de tango que tanto la apasionaban. Eran su sueño, le daban la vida. Pero si seguía yendo a las clases de Ademo, la balanza se desequilibraría a favor de él, y estaría siendo justa para con Nerea, pues lo vería todos los días; por otra parte, podría cambiar de profesor, el problema era que Adelmo era muy buen profesor y no sabía si podría encontrar otro igual. Tras meditarlo casi toda la noche, decidió hablar con su amiga y explicarle lo que había decidido.

Con ella acordó que se tomaría algo todos los viernes, pero nada de rollos, de momento nada de fines de semana las dos solas y que intentaría buscar un nuevo profesor con el mismo talento que Adelmo, en otra academia. Sería lo mejor para marcar esa distancia que necesitaba, para aclarar su corazón. Sabía que era muy difícil llevar esta situación, pues en su trabajo aún seguiría viendo a Adelmo aunque no fuese a sus clases, cosa que le sentaría mal, pues sabía de la pasión de ella por ese baile y porque él la había cagado. ¿Cómo llevarían esta nueva situación?, ¿Cuánto tiempo tardarían en volver? Pues la pasión del tango enganchaba…

Realidad o Fantasía

Carlos G. Loco

"Se lo dedico a todas las personas que me animan y creen en lo que escribo y a Katy por darme esta oportunidad".

Alguien entro en mi vida de una forma algo inverosímil, sin apenas hacer ruido, sin darme cuenta de sus sentimientos. Alba marcó un antes y un después en mi vida, era alegre, jovial, algo insegura y delicada, pero con un gran corazón. Le tenía un gran respeto, era de las pocas personas que realmente me han marcado, y no para mal, todo lo contrario. No soy una persona fácil y ella conseguía sacar de mi lo que otras personas no lo habían sabido hacer. A pesar de su juventud me demostraba una madurez que en pocas ocasiones había visto, era la niña de mis sueños, así era como le llamaba.

Todo empezó a principios del mes de noviembre de 2014, fue una casualidad, aunque a veces no si son casualidades lo que nos ocurre o son cosas del destino. Hablábamos con bastante frecuencia sin ningún otro motivo que el de una amistad, bueno eso era lo que pensábamos el uno del otro, hasta que un día por un enfado de ella nos llevó a descubrir lo que sentíamos el uno por el otro, sinceramente creo que nos sorprendimos los dos, ese día comenzó algo, era algo más que lo que había tenido hasta ese instante, abriendo la coraza que llevaba puesta durante mucho tiempo, algo que escribiría una nueva etapa en mi vida y que hacía que expresara mis sentimientos, algo que en muy contadas ocasiones he hecho. Por circunstancias no podíamos vernos mucho, más bien poco, creo que eso reforzaba más nuestros sentimientos, aunque hablábamos por teléfono con mucha frecuencia, evidentemente no es lo mismo, soy de las personas que me gusta mirar a los ojos cuando hablo, eso me dice mucho de una persona, tenía una mirada tierna a la vez traviesa, transmitía sinceridad, tenía una amplia sonrisa que me fascinaba, estaba riendo a todas horas contagiándote de felicidad. También tenía sus cosas, era cabezota y con algo de mal genio, con una cierta inseguridad, pero creo que todo aquello era provocado por miedo, miedo que le rompieran de nuevo el corazón, a no alcanzar sus sueños, eso es lo que hasta hoy he creído, y algo que hasta cierto punto entendía.

Uno de nuestros primeros encuentros después de saber de nuestros sentimientos fue algo realmente especial. La vi llegar sonriente como siempre, con ese desparpajo que tenía al andar, algo que me encantaba, ver esa sonrisa acercarse era algo que me llevada a soñar despierto, desprendía alegría y felicidad por donde pasaba. No fundimos en un fuerte abrazo seguido de un largo beso, acariciando sus mejillas y dándole un beso en la frente nos dispusimos a subir al coche, en el trayecto hasta mi casa no parábamos de hablar, conducía y me giraba a mirar su risa, a ver las carcajadas que soltaba ante cualquier comentario mío, parecíamos dos adolescentes quinceañeros, me hacía sentir lo que hacía mucho que no sentía.

Ya en el salón de mi casa me dirigí hacia ella si dejar de mirarla a los ojos, la mirada nos penetraba hasta llegar al alma, cogiendo sus manos empecé a besar su cuello a recorrerlo con mis labios, ella me lo ofrecía para que no parara, olía es perfume que aun perdura en mi mente, desabrochaba su camisa de forma lenta y pausada mientras nuestras lenguas se entrelazaban, acariciaba con mis manos su delicada piel recorriendo sus largos brazos, tocaba sus pechos recreándome y sintiendo como su corazón se aceleraba, recorría mi cuello con su lengua de tal forma que erizaba mi piel, parecía un sueño hecho realidad, algo en lo que los dos habíamos soñado. Dejando mi torso al descubierto nos abrazamos sintiendo el calor de nuestros cuerpos, estremeciéndonos y dejándonos llevar por ese momento. La cogí de la mano y la acompañe hasta la habitación tumbándola en la cama, me puse encima de ella mordiendo sus labios, fui bajando con mi lengua hasta rodear su ombligo recreándome ahí mientras desabrochaba sus pantalones, elevó su cintura para que pudiera quitárselos arrastrando mis manos de forma suave sintiendo su piel, primero una pierna y luego la otra, alcancé a elevar sus pies hasta mi boca, pasando mi lengua por su empeine y bajando por sus largas piernas, puse una de mis mejillas encima de su sexo sintiendo su calor mientras con las manos acariciaba su cuerpo. Ya desnudos los dos la levanté de la cama e hice que se sentara encima de mi en un sillón que había cerca de ella, mi polla penetraba en su coño sintiendo cada centímetro de ella mientras se inclinaba hacia atrás, la sujetaba con una mano en su espalda y con la otra acariciando su cuerpo, el deseo se apoderaba de nosotros. Movía sus caderas mientras me agarra por el cuello y si inclinaba hacia mi besándome como pocas veces lo habían hecho, cogiéndola por los muslos con mis manos le levanté sin sacar mi polla de dentro de ella y la tumbé de nuevo en la cama sintiendo cada poro de su piel, mis movimientos encima de ella eran suaves al tiempo que le agarraba con fuerza de las manos haciendo que me sintiera suyo, no era solo placer, eran sentimientos mezclados con el deseos de ser el uno del otro. Sus manos pasaban por mi espalda acariciándola toda ella, clavando sus uñas en ella cuando la penetraba hasta lo más profundo, su agitada respiración se aceleraba en mi oído al tiempo que yo lo hacía en mis movimiento. Agarrando con fuerza de mi culo y entrelazando sus piernas me empujaba hacia ella, fundiendo nuestros cuerpos y deseando que aquello no acabara nunca notaba con sus movimientos y la fuerza que hacía en mi que iba a correrse, en mi mente estaba acabar con ella sintiendo como nuestros jugos se mezclaban en su interior.

No nos pudimos aguantar más y estallamos reflejando en ese instante todos nuestros sentimientos, haciendo que ese instante fuera algo muy especial, algo que los dos habíamos deseado con ansia, no era solo follar, era sentir, era aplacar aquellos sentimientos que habían estado dormidos durante tanto tiempo, por ese motivo ese encuentro había sido tan especial. Permanecimos abrazados sin decir ni una sola palabra durante un largo instante, nos acariciábamos y besamos sintiendo como nuestros corazones latían acelerados. Aquello había sido un encuentro especial, pasamos una noche inolvidable, era lo que los dos habíamos soñado y deseado.

A la mañana siguiente despertamos abrazados y así permanecimos mientras hablábamos, ella tenía que marchar, sus obligaciones no dejaban tiempo para poder disfrutar de ese día, así que la llevé donde la recogí el día anterior, la despedida fue algo que ninguno de los dos deseaba siendo triste al tiempo que llena de emociones, besos y abrazos, sabíamos que íbamos a estar un tiempo alejados sin podernos ver y eso era lo que realmente nos dolía, ninguno de los dos quería decir adiós. Limpié una lágrima que se derramó por su mejilla y dándole un último beso en la frente le animé a que se fuera, me quedé quieto apoyado en mi coche mientras veía como se alejaba con la cabeza agachada, esa situación me partía en dos, pero es lo que había en ese momento, girándose de nuevo me lanzó un beso al aire y poco a poco la perdí de vista.

Pasaron uno días y continuamos hablando por teléfono, era la única manera de comunicarnos. Hablábamos mucho de nuestro próximo encuentro, el problema era que no sabíamos cuando se podía llevar a cabo. Esa misma semana sufrí un accidente, cruzando una calle, me atropelló un coche. Después de hacerme unas pruebas decidieron ingresarme. En cuanto pude le comuniqué lo que me había ocurrido y entre risas le comentaba que se me habían perdido las neuronas, al sufrir un fuerte golpe en la cabeza y quedando inconsciente hasta mi llegada al hospital. Mientras hablaba con ella me desmoronaba al decirme que no podría venir a verme, se que ardía en deseos de hacerlo, pero también entendía que su trabajo no se lo permitiera, pero una vez más me sorprendió y me obsequió con un regalo de los que no se olvida.

Permanecí un día más en el hospital, debido a unas pruebas rutinarias para descartar posibles daños internos, ella me llamó en repetidas ocasiones repitiéndome un par de veces si me quedaba sólo aquella noche. Tras cenar y despedir a mi familia intenté llamarla por teléfono y no había forma de localizarla, estaba apagado, eso era algo inusual y supuse que podría tener algún problema con la comunicación, así que me puse a ver la tele aun estando preocupado por no saber nada.

Me había quedado un rato dormido, pero algo me despertó. Notaba como me acariciaban y cuando abrí los ojos vi aquella sonrisa pegada a mí, me incorporé de inmediato sin dar crédito a lo que veía, la abracé y empecé a besarla, mientras mi corazón latía sin control. No sabía si reír o llorar de alegría. Llevaba un abrigo puesto y le indiqué que se lo quitara y se sentara junto a mí. Dio unos pasos atrás y empezó a desabrochárselo, me quedé sin pestañear viendo como lo hacía, estaba perplejo con lo que veían mis ojos. Conocía de mis gustos por todo lo que habíamos hablado, abrió su abrigo y me enseñó lo que llevaba puesto, unas medias blancas con liguero, sin bragas ni tanga y con los pechos al descubierto, parecía un ángel, aunque luego vi que era todo un demonio.

Se sentó a mi lado y sin quitarse el abrigo, por si entraba alguien, metió su mano entre las sábanas y empezó acariciarme, bajaba su mano por mi torso acariciándome de forma suave hasta llegar a mi polla mientras esta se erguía al paso de su mano, alcé mi mano y empecé acariciarla mientras ella se abría de piernas, de esa forma empezamos a masturbarnos el uno al otro. Intentaba incorporarme, pero no dejaba que lo hiciera, su intención era mantenerme en aquella posición. Mis dedos se impregnaban con su flujo y sentía como su mano aceleraba los movimientos en mi polla. Era una situación un tanto embarazosa en el caso de que entrara alguien, así que le propuse ir al baño. Sin mediar palabra apartó la sábana y empezó a lamerme, ha introducirse mi polla en la boca, mientras que con la otra mano me sujetaba para que no pudiera levantarme, mi excitación crecía y solo deseaba hacerlo.

Después de unos minutos así me incorporó y fue entonces cuando me instó a ir al baño. Me apresuré a hacerlo, moría en deseos de tomarla. Me sentó en un taburete que había en el baño, abrió sus piernas, se puso a horcajadas encima de mí y cogiéndome la polla empezó a introducirla dentro de ella. No me daba opción hacer nada, solo disfrutar de esa inesperada experiencia. Apoyó sus manos en la pared mientras su cuerpo seguía balanceándose sobre el mío, en ese instante, la cogí por los muslos y la acompañé en cada uno de sus movimientos, acompasándonos como si bailáramos sobre aquel taburete. Su boca mordía la mía con deseo, nuestras lenguas se entrelazaban dejándonos sin aliento, iba notando como su coño palpitaba cada vez más al son que crecían sus movimientos y se hacían más fuertes y rápidos. Llegó un punto en que nuestros gemidos eran tan altos, que temí que alguien pudiera entrar y descubrirnos, pero estaba perdido ante tanto deseo, mi mente estaba nublada ante la idea de culminar juntos, y dejó de importarme si nos descubrían o no. Pero no fue así, ella se corrió primero, se agarró fuerte a mis hombros y estalló en un hondo gemido, sus movimientos se vinieron a menos mientras yo seguía empujando con fuerza, no podía contenerme… y entonces se levantó, se arrodilló ante mí y comenzó a masturbarme con la mano, su boca bajo hasta rozar mi polla y comenzó a succionar hasta que estallé de placer, mi semen salió con tanta fuerza, que acabo toda impregnada. Me quedé apoyado en la pared, apenas sin fuerzas, mientras ella seguía lamiendo sin dejar una sola gota, aquel ángel me había llevado a su infierno.

Cuando terminamos me di cuenta que había entrado en el baño mientras dormía y fue allí donde se preparó para darme la sorpresa. Aquella noche la pasó conmigo, su compañía me dio la vida, mi niña me dio una sorpresa de las que jamás se olvidan.

Por desgracia tenía que marcharse el día siguiente, aunque no sin antes prometernos que teníamos que vernos con más frecuencia.

Tras salir del hospital continuábamos hablando todos los días pero fue al cabo de una semana cuando me sorprendió con la noticia que venía a verme. Había alquilado un apartamento cerca de la playa, a unos kilómetros de donde yo vivía.

El apartamento era espacioso, tenía un toque de rústico que me encantaba. Estaba situado en un complejo turístico que simulaba un pueblecito, con sus calles adoquinadas y guardando muchos de los detalles de épocas antiguas. Lo que más me sorprendió fue la ubicación de aquella construcción; estaba situado al borde en un acantilado, cuando salías al balcón no tenías otra vista que no fuera la de aquel mar azulado en calma que aún guardo en la memoria.

Tras el accidente, los dolores y molestias en la espalda me seguían dando problemas y malestares, y ella que lo sabía, se le ocurrió que podría tumbarme en la gran mesa de madera que había en el centro del comedor, para darme un masaje y aliviar mis dolencias. Y así lo hice, me tumbé y mientras me lo daba hablábamos, me relajaba muchísimo oír su voz mientras sus manos subían y bajaban por mi espalda. Me sorprendió cuando me susurró al oído que me diera la vuelta, se embadurnó de nuevo las manos con aceite y sorprendentemente empezó a masajearme los pies, disfrutaba de esa sensación mientras cerraba los ojos y seguía escuchando su voz. Fue subiendo poco a poco por mis piernas, sus manos flotaban sobre ellas, la relajación era total, siguió subiendo hasta la parte superior de mis muslos, metiendo su mano en la ingle… empezaba a comprender que pretendía, pero no estaba seguro lo que iba a hacer. Empezó masajeándome los testículos con una mano mientras con la otra me presionó el pecho para que no pudiera incorporarme. Me dijo que no abriera los ojos y que me relajara... y así me quedé. Por un momento paró de tocarme, noté como se alejaban sus pasos. Tras unos segundos, que se hicieron eternos, permanecí allí tumbado a expensas de saber a dónde habría ido y a por qué. Oí sus pasos que volvían a acercarse hasta donde yo estaba, no me atreví a abrir los ojos para ver que hacía pero sentí su mano alzando mi tobillo y como pasaba algo alrededor de él, entonces sí que abrí los ojos e intenté incorporarme para ver que estaba tramando. Para mi sorpresa, vi que iba atarme, intenté apartar la pierna pero ella, con una sonrisa traviesa me la sujetó con fuerza para que no pudiera apartarla de su objetivo, dándome a entender que no tendría escapatoria. Era algo que jamás me habían hecho y tras un leve instante de incertidumbre y dudas, decidí dejarme llevar, confiaba plenamente en ella.

Empezó por atarme los tobillos a las patas de la mesa, a continuación puso mis brazos al lado de mi cuerpo en forma de cruz y cogiendo mis muñecas hizo lo mismo, quedándome totalmente inmóvil y expuesto para ella. Giré la cabeza y pude ver como se iba quitando el vestido, quedándose totalmente desnuda. Mi polla se tensó y endureció de golpe, no pude evitarlo, las vistas y las expectativas pudieron conmigo. Acto seguido cogió una cinta y levantándome con cuidado la cabeza cubrió mis ojos, quedando a expensas de ella y de lo que quisiera hacerme, iba a hacerme sentir lo que en muchas ocasiones yo le había hecho sentir ella.

Empezó besándome lentamente mientras sus manos recorrían mi torso, podía sentir el calor que desprendían. Mis sentidos se dispararon, mi piel se erizó, expectante a cada uno de sus movimientos. Algo acarició mis boca, había acercado uno de sus pezones a mis labios, los rozaba y me tentaba, pero sin dejar que llegara morderlo o lamerlo. Su mano alcanzó mi erecta polla, acarició mis testículos y siguió subiendo hacia ella, yo… yo me sentía como si flotara en el aire. Alcancé a lamer uno de sus pezones, jugué con él, cuando lo sentí duro al roce de mi lengua, lo mordía y luego volvía a lamerlo para darle alivio hasta morderlo de nuevo… luego ataqué el otro y repetí la misma operación, iba intercambiándolos, me deleitaba con ellos, provocándole ligeros gemidos. Sentía como se apretaba e iba creciendo su excitación, el ritmo de masturbación que me imprimía se aceleraba y lo acompasaba a la suya propia. De pronto se apartó de mí y dejó de tocarme, sentí una mezcla de excitación, frustración y curiosidad por saber que tramaba su mente. Noté como se apoyaba en la mesa y se subía en ella, puso sus piernas una a cada lado de mi cara, acariciando con ellas mis mejillas, y se sentó a escasos centímetros de mi cara, acercó su coño para que lo percibiera pero sin dejar que mi lengua pudiera alcanzarlo, mi excitación crecía por momentos, quería comérmela ya, pero se hizo de rogar, me ponía la miel en los labios y luego se retiraba… pero finalmente sucumbió al que era su deseo también, dejó expuesto su clítoris a mi lengua, su juego había hecho un efecto indescriptible sobre mi, finalmente posó su coño en mi boca, estaba totalmente mojado y emanaba ese dulce y particular olor a sexo. Comencé a pasarle la lengua repetidas veces por sus pliegues, notaba como se iba incrementando el deseo en ella. Notaba como iba inclinándose sobre mi cuerpo, empezó acariciando mis pezones, y fue bajando hasta mi polla, la cogió con sus manos, se la acercó a la boca dejo que resbalara la saliva, untándola con la lengua a lo largo de toda ella. Los movimientos de sus caderas aumentaron el ritmo, haciendo que su coño se deslizara sobre mi boca con más determinación, mi lengua buscaba su clítoris para mordisquearlo, podía oír los ligeros gemidos que se le escapaban. Mis manos atadas agarraban el borde de la mesa con fuerza, tenía los nudillos blancos de la tensión, me sentía indefenso, excitado y descontrolado. Su flujo llenaba mi boca, no sabía si me iba a poder contener, estaba tan excitado que deseaba correrme y dejarme ir ya en su boca, pero algo debió percibir porque se sacó la polla de su boca, impidiendo que pudiera correrme. Había hecho conmigo justo lo que en más de una ocasión, hice con alguna de mis parejas de juego, en ese momento descubrí lo impotente y desesperado que se podía sentir uno.

Apoyando sus manos en mi pecho bajó de la camilla, se puso a un lado empezando a acariciarme de nuevo los testículos, sus manos ardían, y yo, yo permanecía inmóvil y sin poderme mover, jamás me había visto tan expuesto.

Se volvió a subir a la mesa, pero esta vez para sentarse encima de mi polla. Acercó sus labios a los míos, los besó y bajo para poder morderme el cuello. Mientras lo hacía empezó a restregar su coño caliente y húmedo por mi polla, arriba y abajo, haciendo una extenuante y tentadora fricción, sin dejar que la penetrara. En mi posición estaba a su merced, no sabía si era placer o sufrimiento lo que sentía al verme en tal situación, no sabía cuánto tiempo me tendría así. De repente cogió mi erecta y dura polla con la mano y fue masturbándola e introduciéndola a la misma vez poco a poco en su coño, de forma suave, haciéndome sentir como entraba cada centímetro en su coño que ardía como el fuego, cuando por fin estaba toda dentro, ella inclinó su cuerpo hacía atrás apoyando sus manos sobre mis piernas, empezó a moverse con suavidad, haciendo que sintiera y me deleitara con cada movimiento suyo y como palpitaba su coño con cada embestida, ahora si podía oír su respiración agitada mezclada con sus gemidos. Mis manos seguían aferradas y se agarraban cada vez con más fuerza sobre los bordes de la mesa, llegando arañar la tela de esta. Se incorporó sobre mí, y cogiendo mi cabeza con sus manos, aceleró sus movimientos mientras me comía la boca, la apartaba solo para morderme el cuello, me estaba llevando a lo máximo, no sé ni como describir lo que sentí, sus caderas imprimían un ritmo cada vez más elevado, su respiración y sus gemidos en mi oído, me estaba volviendo loco de placer, el flujo de su coño descendía sobre mis testículos, notaba como iba a estallar de un momento a otro por sus movimientos cada vez más acelerados, su respiración entre cortada y sus gemidos cada vez más fuertes. Sus piernas se apretaron contra mí con fuerza, y yo ya no me pude contener más… y el que estallé primero fui yo. Ella al notarlo, rápidamente incrementó su ritmo mientras mi polla palpitaba dentro de ella, y volviendo a cogerme de la cabeza con fuerza y tumbándose completamente sobre mí estalló con un largo y profundo gemido. Su flujo y mi leche se mezclaban saliendo de su cuerpo, había estallado todo el fuego que tenía dentro de ella, elevándome al máximo placer. Se quedo quieta durante unos pocos minutos, solo podía oír su agitada respiración, yo me sentía flotando como una pluma con ella encima de mi.

Me desató de la mesa y de forma muy irónica me dijo que no siempre son los hombres los que se follan a las mujeres, dejándome claro que era ella quien había decidido follarme. Creo que todos los hombres por dominantes que sean deberían dejarse llevar alguna vez y experimentar el placer de los sentidos.

Al cabo de unas semanas le devolví la visita, creo que era lo más justo. Le propuse un juego que aceptó sin mediar palabra. Nos vimos en las puertas de un hotel, ya tenía la habitación reservada y dos llaves pedidas en recepción. Le di una de ellas y le dije que me esperara desnuda, de espaldas a la puerta en la habitación, y que dejara una luz muy tenue… así lo hizo.

Susúrrame entre las Piernas

Cuando entré en la habitación vi su silueta al trasluz, estaba como le dije, totalmente desnuda. Sin mediar palabra cogí una venda de seda azul y le cubrí los ojos apartando su rojizo cabello hacía un lado, quería que le quedara el cuello descubierto. Llevé sus brazos la espalda y le puse unas esposas negras que había comprado recientemente, notaba su nerviosismo mezclado con deseo, era algo que podía sentir. Deslicé mis manos por sus brazos de forma lenta y suave y acariciando su blanca piel, recorrí su cuerpo hasta llegar a su entrepierna. Mis manos se introdujeron en el interior de sus muslos con la intención de abrirle las piernas y poder ver como su coño quedaba ligeramente abierto. Su piel se erizaba al paso de mis manos, me excitaba mucho verla en esa posición, su respiración iba en aumento en aquel tan placentero silencio.

Ella solo percibía mi presencia, en ningún momento podía ver lo que le iba hacer. Su coño ardía en deseo, lo comprobé al introducirle un primer dedo, estaba totalmente mojado. Me separé de ella y cogí uno de los juguetes que ella había llevado. Puse en marcha el vibrador… solo se percibía ese ruido en la habitación. Se lo puse en la boca, me excitaba ver como empezaba a chuparlo. Fui bajándolo poco a poco, pasándolo por sus duros pezones. Mientras lo hacía, su boca se entreabría ardiente de deseo. Al comenzar a acariciar sus ingles, ella por instinto, iba separando cada vez más sus piernas, quedando su coño a mi total merced. Lo rozaba, sentía el deseo, sus palpitaciones. Me alejé de ella y noté su extrañeza, iba a por algo que estaba seguro que la iba a excitar más aún. Cogí un hielo de una cubitera que había traído y me lo puse en la boca, con él, comencé a acariciar sus pezones, sobresaltándose al tacto, soltó un ligero gemido para mi satisfacción seguido de un suspiro. Aún llevaba el vibrador en la mano, y se lo introduje en el coño hasta el fondo, notando como sus piernas temblaban muestras lo hacía. Se lo deje puesto mientras se derretía el hielo de mi boca en sus pezones, solo podía oír su excitada respiración…

Cogí otro hielo de la cubitera y me lo volví a meter en la boca, saqué el vibrador de su vagina y lo sustituí por él. Empecé a rozar su coño con el hielo en la boca, era excitante ver como se derretía con el calor que desprendía su sexo. Dejé caer el hielo casi derretido y le pasé la lengua por el clítoris, sus piernas se aflojaban excitada y excitándome a mí. Le introduje muy despacio de nuevo el vibrador, cuando lo notó, su cuerpo se encogió de placer, pasé lentamente de movimientos pausados y suaves a seguidos y fuertes, el vibrador entraba y salía, no quería detenerme, no quería que me detuviese. Sus piernas temblaban, sus jadeos se aceleraban, y me suplicaba que no me detuviera; eran las únicas palabras que se habían oído desde que entré en aquella habitación. Sin esperarlo vi como dobló las rodillas y apretó las piernas de tal forma que no podía sacarle el vibrador, un intenso y fuerte jadeo salió de su boca. Me quedó claro lo que acababa de pasar, y para muestra, tenía en mis dedos empapados con su jugo… había estallado en placer.

Le di un abrazo e intentó hablarme, puse mi dedo índice sobre su boca para darle a entender que no quería que lo hiciera, la agarré por los hombros y la insté a que se arrodillara, y así lo hizo, ayudada por mí; puse mi mano sobre su cabeza, y la guié hacia abajo.

Me separé de ella y comencé a desnudarme, mi polla estaba lista para ella, estaba muy duro y mi excitación seguía creciendo por momentos. Me puse delante de ella, la incorporé un poco y metí el vibrador de nuevo en su coño, haciendo que se sentara sobre él. La agarré por la barbilla y levanté su rostro, le puse la polla a la altura de la boca y rocé con ella sus labios.

Instintivamente sacó la lengua y empezó a lamerla. La sensación de placer que experimenté me llevó a una total relajación. Apoyé la mano sobre su cabeza y poco a poco iba introduciéndosela en la boca hasta que la tuvo acogida en su totalidad. Ella movía sus caderas al ritmo que me la iba chupando. Mi respiración se iba acelerando, ardía en deseos de correrme dentro de ella, sus movimientos de cadera eran cada vez más rápidos moviéndose en círculo, mi polla entraba y salía cada vez rápido de su boca, sentía como mi leche iba subiendo poco a poco. En una de las estocadas, le metí la polla hasta el fondo, quedándome quieto y sintiendo como se iba llenando su boca. Le apreté la cabeza agarrándola fuerte del pelo, seguía arrodillada con el vibrador dentro pudiendo ver como sus manos todavía atadas querían impulsarse hasta su coño. Crecían sus ganas y el deseo de correrse de nuevo, empujaba hacia abajo con fuerza, haciendo sus movimientos más rápidos, su boca se entreabría para intentar respirar mientras mi polla seguía dentro, la saqué de su boca, haciendo crecer su respiración, junto con sus jadeos; hermosa música la que se escuchaba en esa habitación, una melodía que llegaba a lo más hondo de mi alma.

La ayudé a levantarse y le limpié la boca con los dedos. Decidí quitarle las esposas permitiendo que sus brazos me rodearan con intensidad, sentía el calor de su cuerpo junto con cada latido de su corazón.

Necesitaba recuperarme al menos unos minutos después de correrme, así que la tumbé sobre la cama para que descansáramos un poco los dos.

Tomé una pluma que previamente había dejado en la mesita de noche y empecé a pasársela suavemente sobre las mejillas; le gustaba, podía notar como buscaba esas caricias mientras recorría con ella su cuello. Bajé hasta llegar a sus pezones, permanecían aún duros y erectos, mi intención era que no bajara su excitación mientras seguía deslizándole la pluma sobre el cuerpo. Soplé sobre su pubis provocando que abriera sus piernas, mostrándome su coño aún húmedo. Llegué con la pluma hasta él mientras respiraba profundamente dejando que pudiera relajarse.

La ayudé a levantarse de la cama poniendo de nuevo sus brazos en la espalda para volver a ponerle las esposas, incliné su cuerpo apoyando la cabeza sobre la cama. En esa posición su coño quedaba totalmente expuesto para mí. Le introduje primero un dedo, sintiendo el calor que desprendía. Me perdió la excitación y sin pensarlo más saqué el dedo y le metí la polla de una sola estocada. Me volví loco, empujaba fuerte agarrándome de las esposadas y para mi sorpresa, ella empezó a empujar también con fuerza hacía mí, cada vez que lo hacía llegaba hasta el fondo de mi alma, sus gemidos aumentaban de intensidad y se prolongaban en el tiempo. Podía sentir como su coño caliente apretaba mi polla… era puro fuego.

Sin pensarlo dos veces, comencé a preparar su culo para follármelo. Me separé de ella un poco y con mi mano abierta le propiné una palmada fuerte y seca que retumbó en la habitación. Soltó un gemido entremezclado de dolor y placer y eso me excitó más si cabía, repetí mi acción, le da varias palmadas más a ambos lados, enrojeciendo su apetecible culo, cogí el vibrado y empecé a dilatarle el ano lentamente, viendo cómo se iba retorciendo de placer. Lo iba alternando, entre el culo y el coño, cuando noté que ya estaba preparado, le dejé el juguete dentro del coño y poco a poco introduje mi polla en su culo, quería que se sintiera llena, que explotara de placer. Empujé con fuerza, oí entonces un hondo gemido, me quedé quieto durante unos segundos para que se acostumbrara a la invasión, sentía como apretaba y se retorcía sobre la cama, estaba totalmente llena. Fui empujando poco a poco y con cada estocada que le daba, sus gemidos iban aumentando pasando a ser gritos de placer, (pensaba que nos echarían del hotel), Estaba tan excitado al verla de tal forma que no pude parar, sus gritos me hacían volverme loco, apretando y empujando cada vez más fuerte. De pronto profirió un grito profundo y prolongado, le tapé la boca con la mano, sus piernas se iban aflojando y temblando cayó sobre la cama provocando que mi polla se saliera. Se quedó quieta, inmóvil, y yo empecé a masturbarme, estaba a punto de correrme y quería hacerlo encima de ella. Quería que sintiera el calor de mi leche, que salió proyectada hacía su cuerpo, la intensidad provocó que mi cuerpo se derrumbara y me quedara tumbado encima de ella. Nos quedamos los dos inmóviles, sin mediar palabra escuchando la agitada respiración que ambos teníamos. Tras unos minutos tumbados en la cama me levanté, me dirigí al baño y preparé la ducha para los dos. Una vez dentro, me recreé en su cuerpo, la acaricié y la enjaboné como si el de un ángel se tratara.

Susúrrame entre las Piernas

Por costumbre, me gusta tomar una cerveza muy fría después de hacer un gran esfuerzo, es muy recomendable y además me la había ganado con creces, así que decidimos salir de la habitación y bajar para ir a alguna terracita donde tomarnos algo y disfrutar de una agradable conversación. Se había hecho muy tarde con aquella charla y decidimos ir a cenar a un restaurante cercano. Durante la cena, por mi mente no dejaban de pasar imágenes de lo que había ocurrido en aquella habitación esa misma tarde, era mirar su boca y me excitaba solo de imaginarlo de nuevo, así que decidí no perder más tiempo y pedir la cuenta.

Ya en la calle tomamos camino hacía al coche y nos detuvimos al llegar a él, estábamos algo apartados del restaurante donde habíamos cenado y había poca gente transitando por la calle, aun así, ella miró a ambos lados de la calle para cerciorarse de que no íbamos a dar un espectáculo y al ver estaba vacía, no dudó en cogerme de la mano y tirar de mi hasta dejarme pegado a ella. Sin dudarlo un segundo, empecé a besarla recorriendo cada centímetro de su boca, nuestras lenguas jugaban al unísono, saboreándonos, sintiéndonos con cada uno de los movimientos. La apreté más contra mi cuerpo, con cuidado, introduje mi mano por debajo de su falda hasta llegar al borde sus bragas, se las hice a un lado para poder tocar su coño con mis dedos, abrí sus pliegues hasta llegar al clítoris y lo froté con ganas mientras mordía su esbelto cuello. Estaba empapada, abría sus piernas para darme mejor acceso y eso... eso me excitaba a más no poder.

Estuvimos así durante unos minutos, alcé mi boca hacia su oído y le dije que quería comerle el coño, que lo llevaba deseado toda la noche. Su respuesta afirmativa hizo que la invitara a subir al coche, notaba los deseos de follar que tenía, de comerme entero, de que la penetrara. Arranqué el coche y salimos de allí, puse mi mano en su coño mientras conducía, las bragas seguían estando a un lado, por lo que pude llegar a él sin problemas, noté lo caliente y mojado que seguía teniéndolo. Ella hizo acopio de la situación, y alcanzó mi entrepierna, me bajó la bragueta y me la saco la polla. La apretó con su mano para que la sintiera, eso me estaba excitando mucho, pero más me excitó que se agachara hacia mí y se la metiera en la boca mientras yo seguía conduciendo con una mano. Sentía su boca caliente sobre mi polla y su coño sobre mis dedos, no sabía si conducir rápido para llegar donde pretendía o hacer un camino más largo para correrme en su boca, así que opte por lo segundo, el placer que sentía era tal que deseaba llenarle la boca con mi semen, que bebiera de mí. No podía desperdiciar lo que tantas veces había soñado, ella continuó chupando, se tragaba mi polla hasta el fondo, succionando cada vez más rápido, me excitaba; habíamos hablado en alguna ocasión de hacer algo así. Finalmente, mientras estábamos parados esperando a que el semáforo cambiara de color, me corrí, mi semen se perdía en su boca, exploté de placer, mientras ella tragaba. No fui capaz de acelerar cuando se puso el semáforo en verde, estaba extasiado, ella seguía pasándome la lengua por la punta de mi polla de forma muy suave, se me erizaba la piel. Limpió hasta la última gota.

Cuando me vi capacitado para reaccionar, pisé el acelerador el coche a toda prisa, para poder llegar lo antes posible a donde tenía previsto. Ansiaba llegar y poder comerle el coño como había soñado. Detuve el coche de forma muy brusca debido a mi excitación, bajé rápidamente y la ayude a bajar con premura, la subí sobre el capó del coche, le levante la falda y abriendo sus piernas empecé a comerle el coño, me volvía loco haciéndolo… vendita locura la mía. Mordía y succionaba su clítoris como un poseso, ella me cogió de la cabeza para poder apretarme con fuerza hacia él, se retorcía de placer, gemía como una puta. Aceleré los movimientos de mi lengua, noté como iba despegando el culo del capó y apretaba con fuerza mi cabeza para que me hundiera más en ella. Iba cada vez más rápido, hacerla gozar de esa manera era todo un privilegio para mí, su coño chorreaba cada vez más, sus gemidos inundaban el lugar donde estábamos. Me tenía agarrado del pelo, para ayudarse en el intento de apretar cada vez más sus piernas sobre mi cara, lo hacía con tanta fuerza que había momentos en los que no podía ni respirar hasta que estalló llenándome la boca de su delicioso jugo. Yo seguía lamiendo su coño para no dejar nada en él, mientras ella seguía convulsionando y suspiraba hondo sintiendo como mi lengua, la misma que la había llevado al límite, ahora la calmaba y relajaba.

Sin dejarla descansar mucho tiempo, la bajé del capó y la puse de espaldas a mí apoyando sus manos sobre el coche, la falda seguía enrollada en su cintura, así que tenía despejado el camino. Saqué rápidamente la polla que no paraba de luchar por poder salir de su encierro y se la clave de una sola, fuerte y violenta estocada que la hizo estallar en un sonoro gemido y con la voz entrecortada no paraba de repetirme que no parara, que empujara más fuerte. Con cada estocada que le daba, sentía como le palpitaba coño, ella estaba disfrutando y yo, yo estaba cumpliendo mi sueño de una forma jamás habría podido imaginar.

Sus fluidos se deslizaban por mi polla y me bajaban hasta los testículos, daba fe de lo mucho que gozábamos los dos de aquella situación. Agarrado a sus pezones, empujaba sin detenerme, así lo quería ella, apretándome la polla con el coño, creo que en ningún momento llegamos a separarnos, el contacto piel con piel no dejaba resquicios, los vaivenes al unísono nos habían convertido en uno solo y como música de fondo, nuestros gemidos. Fue increíble, en ese encuentro estuvimos más compenetrados que nunca, llegando al orgasmo los dos al mismo tiempo, nuestros flujos se mezclaron y salían de su coño mojando nuestras piernas, fue una hora intensa y lujuriosa. Ella había gozado como una zorra y yo... yo como un loco cabrón.

Estuvimos durante unos meses de idas y venidas, días de muchos juegos y de situaciones morbosas y excitantes, disfrutábamos de cada instante que pasábamos juntos, de cada encuentro...

Susúrrame entre las Piernas

A mediados de agosto hizo una pequeña reforma en su casa y me ofrecí a ayudarla. No es que pudiera hacer mucho, quizás con las manos de pintura en las estancias que necesitaba pintar de la casa, pero dispuse a pasar unos días con ella y aprovechar a echarle la mano que podría ofrecerle. Ya en su casa y con un calor sofocante, me puse a pintar mientras ella se dedicaba a la limpieza exhaustiva, fue un día en el que el calor nos estaba matado y solo tenía ganas de terminar y darme una ducha, Alba continuaba con lo suyo o al menos eso era lo que yo pensaba.

Me dispuse a darme una ducha, recordaba haber cerrado la puerta del baño pero cuando salí de la ducha la vi entreabierta, me extrañó mucho porque tengo por costumbre cerrarla pero ese día dudé, ya que también suelo ser algo despistado. Mientras me secaba, se me ocurrió que podía darle una sorpresa pero todo dio un giro inesperado cuando salí del baño.

El baño estaba situado justo al final del pasillo y tenía que pasar por todas las habitaciones, mientras lo recorría escuché lo que parecían ser una especie de suspiros en serie, me dejó algo extrañado e intrigado por saber que eran, así que me dediqué a mirar por las distintas habitaciones mientras pasaba por delante

189

de ellas y me detuve sigilosamente donde se suponía que salían aquellos suspiros, bueno, más bien eran gemidos. Los ojos se me quedaron como platos al ver semejante imagen: Alba estaba tumbada sobre una mesa masturbándose con un vibrador, tenía las piernas encima de la mesa y se mantenía agarrada al borde de la misma. Su coño estaba totalmente abierto y expuesto y sus gemidos sonaban al ritmo que se follaba así misma. Me puse a mil viendo aquel espectáculo, me empalmé en cuestión de segundos solo mirándola, pensaba que mi polla se iba a salir del pantalón con semejante visión, desde donde estaba podía ver en primera plana como se penetraba el coño, como se pellizcaba los pezones y se retorcía sobre la mesa. Me toque la polla por encima del pantalón y empecé a frotarla, me estaba excitando muchísimo mirándola, me desabroché el pantalón y terminé por sacarme la polla, necesitaba liberarla. Me la acaricié con suavidad al principio, aunque no duró mucho, no pude controlarme y acabé agarrándomela con fuerza y apretando, empecé a masturbarme mientras la veía hacer lo mismo. No sé en qué momento sucedió, pero Alba se acabó percatando de mi presencia, bueno, supongo que imaginaba que pasaría por allí al salir de la ducha y que la iba a encontrar de esa guisa.

Susúrrame entre las Piernas

Giró la cabeza hacía donde yo estaba y mirándome fijamente a los ojos empezó a relamerse los labios incitándome a que me acercara. Me quedé quieto jugando con mi polla mientras nos mirábamos, las miradas ardían en deseos de follarnos, ella aceleraba sus movimientos con el vibrador y abría cada vez más las piernas mostrándome como brillaba su coño por el efecto de lo mojada que estaba. Me acerqué a ella despacio saboreando el momento, ella me miraba fijamente con la boca abierta, me paré a su lado, a escasos centímetros de ella, con la lengua podía llegar hasta la punta de mi polla y empezó a acariciármela haciendo círculos sobre ella, yo alcancé una de sus tetas y la apreté con fuerza sintiendo como ella se estremecía de placer. Cogió mi polla con la mano y empezó a masturbarme a la vez que se la iba introducido en la boca, la sentí caliente y junto con el juego de su lengua me llevó al máximo los placeres. Mientras ella me la seguía chupando con ansia, busqué con mi otra mano su clítoris, y se lo froté mientras ella seguía follándose con el vibrador a la vez que mi polla entraba y salía de su boca. La visión que me dejaba la escena que estamos ejecutando, hacía que mi excitación subiera cada vez más y sentía que me iba a correr de un momento a otro, aquello me tenía totalmente revolucionado. Mi polla empezó a palpitar en su boca, me estaba corriendo dentro de ella, la agarré del pelo y eche su cabeza un poco hacia atrás para que se la tragara toda, apretándola fuerte contra mí. El semen se derramaba por su boca hacía fuera, cogida por el pelo la ayudaba en sus movimientos para que me exprimiera y no dejara ni una sola gota dentro de mí, había llegado a mi éxtasis dentro de su caliente y húmeda boca.

Ella continuaba masturbándose para llegar a su propio clímax. Yo me aparté de ella y me dirigí al otro lado de la mesa, le arrebaté el juguete de su mano y sin darle tiempo a que pudiera quejarse, bajé la cabeza hasta su coño y comencé a lamerle su duro clítoris, mis movimientos eran rápidos y continuos, le hacía gemir como una loca y se le empezó a acelerar la respiración. Mientras me la comía, con su juguete en mi mano empecé a acariciarle el ano, haciendo que se preparase para la invasión y se abriera a su paso, lo fui introduciendo poco a poco dentro de él, Alba elevaba y abría sus piernas para que entrara mejor, pero estaba tan mojado por los fluidos que caían de su vagina, que hizo que se deslizara hacia dentro de su culo con una facilidad pasmosa. La escena no tenía desperdicio, le follaba el culo mientras me comía su coño, ella gemía sin parar, lo único que atinaba a oírle decir era que no parara, quería y ansiaba llegar al orgasmo, aunque mi intención era que no se corriera aún, pero no estaba seguro de si podría evitar que lo hiciera. Cogí mi polla y empecé a masturbarme con la intención que se me pusiera dura otra vez, quería follarla y sentir su coño. Empezó a ponerse dura de nuevo, ella se movía cada vez más rápido y no pude evitar que se corriera, apreté fuerte para que no fuera capaz de sacar el juguete del culo mientras se corría en mi boca, sus gemidos pasaron a gritos de placer, el vibrador se mantenía dentro, no quería que lo sacara de allí.

Sin dejar que se repusiera del orgasmo que acababa de tener, la cogí de la piernas e incorporándome, hundí mi polla dentro de ella de una sola estocada, estaba totalmente exhausta y llena por sus dos agujeros, la empujé con fuerza haciendo que se levantara de la mesa con cada embestida, su mano sujetaba el juguete para que no se saliera de su culo y me pedía que la follara más y más. Mis embestidas eran tan hondas que notaba el juguete en mi polla en cada movimiento, ella a la vez, se agarraba un pecho con fuerza, su descontrol era total y verla así me volvía más loco aun de placer, tocaba su fondo en cada empujón que le daba sobre la mesa, verla con las piernas abiertas y apoyadas en mí, mojándome con su caliente flujo… era una visión que se quedaría grabada en mi mente para los restos. Presagiaba que de un momento a otro llegaría a un nuevo orgasmo, sus piernas temblaban sobre mí y estalló, yo quería correrme también de nuevo, así que dejé caer sus piernas y sacando mi polla empecé a masturbarme con fuerza, quería que sintiera mi leche sobre su coño, ella permanecía inmóvil y expectante mientras yo la miraba loco de placer. Notaba como me subía todo y la impregnaba de semen, había explotado otra vez vaciándome sobre ella. Me tumbé encima de ella poniendo mi polla entre sus piernas, nos habíamos quedado exhaustos los dos, pretendía sorprenderla, pero el sorprendido sin duda, fui yo.

Después de ese duro y caluroso día, decidimos salir a cenar, nos lo habíamos ganado, era nuestra última noche juntos, se terminaban aquellos intensos días en lo que no todo fue sexo. Sentía que la quería cada día más, me era muy difícil pensar en la despedida, por motivos de trabajo no sabíamos cuando volveríamos a vernos, estaba contento por esos días, pero a la vez triste de no poder volver a tenerla hasta que el tiempo quisiera.

En Alba descubrí ese corazón tierno e inocente que pocas personas son capaces de albergar, ella había conseguido entrar dentro del mío como nadie lo había hecho, grabando a fuego cada instante vivido, echaría de menos sus risas, su mirada tierna y a la vez provocadora, su espontaneidad en sus actos y de sus palabras; la echaría de menos a ella y a todo lo que movía a su alrededor. Aquella niña hecha mujer me había dado los momentos más felices de mi vida, aunque en la distancia la sentía a mi lado, se había vuelto alguien imprescindible en mi vida, no sé si llegaría a creerme pero era algo que le decía muy a menudo, al igual que siempre que podía le decía lo mucho que la quería, eran momentos que nada ni nadie podía romper.

Alba me decía que me quería un poquito, siempre entre risas, y al ver mi cara, siempre me recordaba que un poquito es mucho, y ahora entiendo en lo mucho que habían sido todos esos poquitos porque he tenido la enorme suerte de tenerlos, me sentía afortunado por ello y muy orgulloso cuando me lo decía, aunque era algo que le costaba decir. Nada de lo que os describo, está a la altura de lo que siento al recordarlo.

Susúrrame entre las Piernas

Intentaba esa noche que no me notara nada de lo que pasaba por mi mente, no quería que se entristeciera por nada del mundo y que pudiera estropear nuestra última noche juntos, debía ser especial, nos lo merecíamos.

Después de la cena decidimos dar un paseo por la playa, era un lugar apartado al que ella me había llevado en alguna otra ocasión. La luna se reflejaba en el mar en aquella noche apacible, bañando nuestros pies mientras caminábamos por la orilla cogidos de la mano.

De repente a Alba se le ocurrió algo que sabía me gustaría, me propuso darnos un baño, algo que acepté sin dudar, me encantaba su espontaneidad. Nos despojamos de nuestras ropas, quedando los dos totalmente desnudos. La cogí en brazos mientras ella me rodeaba el cuello con los brazos y apoyaba su cabeza en mi hombro, así lentamente caminé hacia el mar introduciéndonos poco a poco. Sentía el calor de su cuerpo pegado al mío y empezamos a besarnos larga y pausadamente, enredando nuestras lenguas y provocando el deseo de poseernos. La dejé muy despacio apoyando sus pies en el suelo y abrazándonos fuertemente mientras rozábamos nuestros sexos, la cogí por las nalgas y la elevé hasta que pudo

196

rodearme la cintura con las piernas y comenzamos a bailar al son que nos marcaban las olas. Mi polla fue introduciéndose en ella muy despacio, sintiendo cada centímetro de su coño, mordí su cuello suavemente mientras ella me agarraba con fuerza, era la noche perfecta en un lugar para soñar, bañados por el mar y la luna, gozábamos de cada segundo y nuestros movimientos se fueron acelerando, nuestras respiraciones se confundían entre los jadeos provocados por el placer, era la única música que oíamos acompañadas del sonido de las olas. Sentía su coño caliente en cada penetración apretándola sobre mí, no deseaba que terminará jamás ese momento, sus uñas se clavaban en mi espalda provocando que empujara cada vez más fuerte, llegando a tocar el fondo de su interior, sentía su flujo se mezclaba con el agua del mar y recorrían mi polla. Pegó su boca a mi oído y entre jadeos me susurraba que no parara, iba a correrse, aceleré mis movimientos provocando que mi orgasmo llegara con rapidez, quería hacerlo junto con ella. Explotamos los dos de placer y nuestros flujos se mezclaron en su interior, fue algo sensacional, como lo era cada vez que lo hacíamos, nos quedamos abrazados sin decir ni una sola palabra.

Aquella noche llegó a su fin, al día siguiente debíamos de volver al trabajo, con la pena de no saber cuándo nos volveríamos a ver, y aunque albergábamos la esperanza de que el reencuentro pudiera ser pronto, en el aire se respiraba tristeza, una tristeza mutua por la incertidumbre de lo que nos pudiera deparar el futuro.

Por desgracia ese nuevo encuentro nunca ocurrió, nunca más supe de ella, desapareciendo de mi vida tan inusualmente como llegó a ella, sin hacer ruido…como el humo de un cigarrillo que se desvanece en el aire…

Un triste final, pero a pesar de todo, guardo en mi memoria los maravillosos momentos vividos con ella. Aunque ha pasado tanto tiempo ya, que hoy en día dudo de si lo que viví con Alba fue real o solo fue la fantasía creada por mi mente provocada por la soledad que vivía en esos momentos… Fantasía o realidad, ya da igual, esos momentos los atesoraré en mi mente hasta el fin de mis días.

Buscando Placeres Sin Nombres

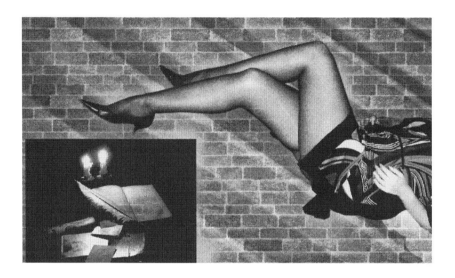

Dulceida Justin

"Dedico este libro al motor de mi vida, mi hija".

199

5 de septiembre 2010

Los desengaños forman parte de la historia de nuestra vida, ¿el amor no llega? No me sentaré a esperarlo, mi felicidad no depende de un hombre, pensaré en buscar hombres que me hagan feliz a ratos. Sueños de una noche, amores fugaces, donde un "hasta luego" no quiera decir que haya una segunda vez, eso dependerá del placer que sean capaces de ofrecerme.

No complicaré más mi vida, estoy dispuesta a disfrutar. Hoy empiezo a escribir;

Diario a mi intimidad,

Secretos inconfesables viajarán por las líneas escritas, plasmando mi sensibilidad y escuchando el eco de mi corazón, él me gritará. ¡Ya veré que hago yo!

Estoy dispuesta a dirigir mi vida, no dejaré que me devoren las hienas otra vez a este rasguñado corazón.

Dibujaré sonrisas al versar mis emociones, la tristeza no debería tener lugar, pero el destino no avisa y traicionero te empuja al desasosiego de vivencias desafortunadas e inevitables.

Mantuve una relación con Guillermo de dos años, a día de hoy siento un gran alivio al no estar con él. A pesar de que fue él quien acabó la relación, yo llevaba meses sin encontrar la solución para cambiar la situación por la que estábamos pasando. Quería seguir creyendo en el amor, pero me sentía abatida por el dolor de pensar que él no me quería; ya que era lo que me demostraba.

La esperanza de compartir mi vida con alguien se esfumó, dejando paso a una soledad que me hace ver a los hombres de diferente forma. Mi interés ya no es buscar un amor, solo placer. No volveré atarme a un hombre, mis ganas desvanecieron a causa de aquella tormentosa relación.

Atrevida me decidí a mantener contacto con el primer y único candidato que tenía.

¡EL policía, saca las esposas y guarda la porra!

Lo conocí en una red social hace cosa de seis años, en aquel tiempo nuestras conversaciones eran casi diarias, en varias ocasiones me propuso de quedar, pero yo sabiendo sus intenciones nunca llegué a salir con él. Llegó un momento en que manteníamos el contacto, pero la amistad se fue perdiendo, acabando por completo cuando conocí a Guillermo. Sabiendo que sus intenciones iban más allá de la amistad que podía ofrecerle, pensé que lo mejor era no volver hablar más con él.

Pero ahora era diferente quería sentir un cuerpo desnudo bajo la necesidad de sentirme deseada por otro hombre, aliviar mi desesperación, me encuentro con la sospecha de que Guillermo habrá estado con otras mujeres, burlándose del amor que sentía por él. Pensé que subir mi autoestima me vendría bien.

No mantuve contacto con otros hombres mientras mi relación puesto que no me interesaba lo más mínimo. Pero sabía de qué forma retomar la relación, tan solo debía de buscar en la lista de contactos de aquella red social. Le mandé un mensaje;

<<*Hola, cuánto tiempo sin saber de ti, espero que estés bien. A pesar de que no mantengamos contacto, me sigo acordando de ti*>>

Mentí, solo el despecho que siento me hizo querer volver a saber de él, aunque recuerdo su amistad y el cariño que sentía. La falta de contacto me había hecho olvidar ese sentimiento, puesto que él tampoco paró a interesarse por mí, podría ser debido aquellas excusas que me inventaba para no quedar.

Estuve pendiente, impaciente porque me llegara su contestación, a la noche llegó ese ansiado mensaje.

<<*Hola guapa, sí verdad, cuánto tiempo. Me alegra saber de ti, ¿Cómo estás? ¿Qué es de tu vida? Mil historias pendientes para ponernos al día*>>

Ni que tuviera tiempo y ganas para estar contando mi vida, claro que se perdió un infinito de capítulos, que no le interesaron ni perderé mi tiempo en contar. Directa, atrevida, contesté:

<<*Este es mi número, llámame cuando te apetezca que quedemos*>>

Le doy a enviar, mis nervios aparecen, aunque mi intuición me decía que contestaría, y así lo hizo. Me llamó.

— Hola, dije cuando quisieras quedar.—Mi risa se cuela por el auricular.

— Por eso te recojo, mándame tu dirección. Tú fuiste clara, ¿qué pasa? ¿Te echas para atrás?

Colgué el teléfono sin contestar, y me dispuse a mandarle la ubicación, y la hora. También un masaje insinuante.

Susúrrame entre las Piernas

<<Susúrrame tu vida esta noche, escucharé con atención tu seductora voz. Permíteme desnudarte en mi mente, si eres listo me delatara mi excitación. Yo te susurraré el tiempo perdido cuando sientas pasear mi lengua, sientas la lujuria con la que pienso devorarte con fervor, subas a los infiernos del pecado, te eleves con ello al cielo experimentando, a ese placer que te daré. Te espero sin bragas, no tardes.

Restaurante las delicias>>

Siento la excitación de mi sexo mientras él lee mi mensaje. Responde:

<<Palparé entre tus piernas, espero que tu saludo moje mi mano>>

Me divierte su mensaje, él quería que la intimidad de mi sexo estuviese mojada, así hice. ¿Por qué no jugar? Él eliges el juego, yo pongo las reglas.

Llegué cuarenta minutos antes de la cita, pedí champan francés. Sin cortarme acabe con media botella cuando quedaban diez minutos, si llegaba puntual.

Me levanté y me dirigí al aseo. Una vez allí, me escondí y me bajé las bragas, las saqué de mis tobillos y las guardé en mi bolso. Abrí las piernas y empecé a masturbar mi sexo. Tenía poco tiempo, pero estaba dispuesta a manchar su mano con mi líquido viscoso impregnado en mi mano.

Acaricié rápido, tan rápido, que sentía latente mi sexo, aceleré las ganas, mis caderas bailaban libres. Sellé mi orgasmo en mi mano. Salí del aseo sin bragas, con mano traviesa manchada y temblando de excitación. Me dirigí a la mesa, mientras él no apartaba la mirada de mí. Se levantó de la silla, me saludo con dos besos y una sonrisa.

— Me hiciste caso, puedo notar tu excitación.— Susurró cerca de mi oído.

— Que empiece el juego, embriágate con el perfume de mi sexo, mi saludo lleva mensaje—. Estreché su mano mancando la suya.

Sonreí y él me devolvió la sonrisa. Una risa nerviosa, sabía que lo esperaba traviesa sin bragas. Con disimulo arrasó su nariz, al oler su mano el perfume de mi sexo lo excito. Su miembro debió despertar de sopetón.

— Me gusta tu aroma y el champan francés, buena combinación. ¡Cuántos años esperando poder mirar tus ojos!

205

Susúrrame entre las Piernas

Mis pensamientos viajaban ajenos a su expresión en su rostro, no me interesaba su palabrería, yo solo quería follar. Estuve riendo sus gracias a pesar de que carecían de ellas, fingir fue fácil, mis pensamientos viajaban sin descanso desnudando a aquel hombre sentado frente a mí, las cursiladas no hacían falta.

Acabamos de cenar, yo sentía un leve mareo provocado por el champan, mi deseo era que nos marcháramos a un lugar donde pudiéramos empezar el juego entre caricias, besos y lamidos. Pagó la cuenta al camarero.

— Te llevo a casa, se ha hecho tarde y mañana tengo que trabajar.

Apuesto a que mi cara en ese momento delató mi disgustada sorpresa, no podía creerlo, me insinuó que podríamos disfrutar de nuestros cuerpos.

¿Para qué incitó a qué me quitara las bragas? ¿Era acaso una venganza pendiente por no haber quedado antes con él?

De camino a casa no pronuncié palabra, perdida en mi burbuja escuchando la música de la radio, pensaba que había hecho el ridículo al quitarme las bragas. Pero no me afectaba lo más mínimo, ¿quién era él? nadie importante para mí, que pensara lo que quisiera poco me importaba.

Llegamos a la puerta de mi casa, estacionó el coche y puso su mano en mi pierna, justo donde acababa el trozo de tela de mi vestido; con la otra mano, la pasó por detrás de mi cuello acercándome lentamente.

— Espero verte otro día con más tiempo—exclamó subiendo su mano por mi pierna hasta llegar a acariciar mi sexo.

Me acerqué, lo besé, mientras él seguía acariciando mi sexo. Cuando conseguí separar mis labios susurre;

— Sí, tendrás que acabar lo que empezaste.

Quite su mano de mi sexo, bajé mi vestido y salí del coche.

— Nos vemos, buenas noches.

Me dio las buenas noches y se marchó.

Subí a mi casa disgustada y con la excitación aun prominente, decidí pensar que él se lo perdía, ya disfrutaba yo de mi cuerpo. Eche a volar mi imaginación y busqué el segundo orgasmo de la noche.

Al cabo de una semana, en mi teléfono se reflejaba su cara, anunciando su llamada, me pillaba despistada puesto que no la esperaba.

— Hola ceniciento, ¿cómo estás?—mi indirecta sonaba a burla.

— Que mala eres, hoy dispongo de más tiempo. Esta noche puedo pasar por tu casa a recogerte con el coche y salir a cenar algún restaurante, luego seguimos la noche en tu apartamento.

— Imposible, tengo trabajo esta noche, un reportaje de boda, acabo muy tarde y cansada. Yo te llamo otro día.— Sin hacerlo adrede se la estaba devolviendo.

Se despidió con besos sonoros, que molestia en mi tímpano al retumbar.

A la siguiente semana, el jueves, le envié un mensaje haciéndole una proposición.

<<*Quedamos esta noche en mi casa, para cenar, te aviso cuando llegue. No me sirven excusas, te esperaré caliente y desnuda, con hambre de tu cuerpo. Acuérdate de traer muchas ganas, las mismas con las que yo estaré esperando*>>

A las dos horas recibí su contestación.

Susúrrame entre las Piernas

<<Espero impaciente y con muchas ganas de recibir tu llamada>>

No iba a ningún sitio, mentí porque no me apetecía salir a cenar por ahí con él. Y no le iba a preparar ninguna cena. Iríamos directos a lo que nos concierne nuestro segundo encuentro, no me apetecía ni que mantuviéramos conversación. Solo deseaba tener sexo sin más.

Me di un baño tranquilamente, las burbujas de jabón cubrían mi cuerpo. Empecé a enjabonar mis pechos, excité mis pezones con mis dedos. Bajé las manos a enjabonar mi deseo, mis labios se anunciaban hinchados. Decidí levantarme, con un chorro de agua fría de la ducha enfrié mi cuerpo y mente. Mojé mi cabeza, la cual resbalaba por mi espalda.

Elegí un pantalón tejano azul claro, una blusa blanca abotonada, mis pechos se transparentaban puesto que opté por no ponerme sujetador, y para acabar de arreglarme unos zapatos negros de medio tacón. Pensaría que lo esperaría desnuda, se equivocaba, iba a tener que desnudarme.

Eran las dos de la madrugada, hacía diez minutos de mi llamada cuando tocó el timbre de mi casa, intencionado se acercó a darme un beso, pero le planté dos, uno por cada mejilla.

Pasamos al salón, estuvimos hablando y viendo una película que emitían por la televisión, no recuerdo de qué trataba, no prestaba atención. En los silencios yo me perdía entre preguntas. ¿A qué esperaba? ¿Había venido a ver una película? Si él no se lanzaba no lo iba hacer yo.

Así esperé hasta que en un arrebato y sin decir palabra, me miró, cogió mi cara con sus manos y me besó. Dispuesto a comenzar el juego metió su mano derecha bajo mi blusa y acaricio mis pezones. Sacó su lengua de mi boca, bajó a mi pecho y lamió, jugó con su lengua sobre mis pezones ya excitados. Mis gemidos acompañaban a sus lamidos. Desabrochó el botón de mi pantalón y bajó la cremallera.

— Mejor vamos a la cama— dije apartando sus manos de mi pantalón.

—Sí, claro vamos.

No estaba dispuesta, a *"un te pillo aquí te la meto"*. ¡No! Quería una noche de sexo, entre caricias, besos y posturas. Quería que paseara sin prisa por mi cuerpo, dedicando su tiempo a provocar espasmos de placer en mi sexo.

Empezamos a desnudarnos cada uno encargado de quitar su ropa, me tumbé en la cama y abriendo mis piernas lo invité. El me miraba, con un mordisco humedeció sus carnosos labios.

Bajó la cabeza a mi sexo y empezó a lamer, mi cuerpo se curvaba, movía mis caderas buscando la conexión perfecta entre su lengua y mi coño. A pesar de que sentía placer, no conseguía llegar al orgasmo. Algo debía estar haciendo mal, levanté su cabeza empujando con mis manos.

— Ven, quiero sentirte dentro de mí.

Dos días antes de quedar, soñé con él, con la imagen de un enorme miembro que le pertenecía. Desconcertada pensé al despertar;

¡Qué sueño tan húmedo para una vagina que estaba tan seca!

Su verga entró con facilidad, yo estaba muy caliente y eso debió dilatar mi coño abriendo paso a su pene. Sus gemidos parecían que imitaban a un actor de una película porno, acompañados por la expresividad en los gestos de su rostro.

Tampoco me disgustaba pero confieso que en varias ocasiones tuve que aguantar la risa, fingir mi mejor cara de excitación.

El Seguía penetrando, embestida tras embestida, yo no llegaba al gozo, apenas sentía su miembro. No sabía si sería mi cuerpo que no le gustara y eso impidiera su excitación. Pero luego comprobé que se sentía saciado en mi interior, agarraba con ansias mis pechos. Mi cuerpo esperando su explotación en mi interior. Ver la forma en que se retorcía de placer encima de mí, me llevaba a tal excitación que sentía que era el momento, quería desembocar mi orgasmo junto a él.

Le dije que se corriera, sus gemidos anunciaban, sus espasmos llegaron, mis caderas contoneaban al ritmo de un orgasmo fingido.

Sacó su verga de mi aun excitado sexo, él había terminado cuando yo empezaba a sentir placer. Pensé que la noche no había empezado bien, pero tenía la esperanza de que pudiera mejorar.

Se puso el bóxer, se tumbó a mi lado, estuvimos hablando ni recuerdo de qué, pero me acuerdo perfectamente del momento cuando él me dijo;

Susúrrame entre las Piernas

— Me voy a ir ya.

Por supuesto no lo iba a permitir, pretendía dejarme así de insatisfecha, no fue buena idea esa la de fingir el orgasmo. A partir de ahora no lo haré más si no lo hace bien que se esmere.

— Quédate un rato más.

Al ver que no cogió la indirecta, cogí su mano, la bajé a mi sexo para que acariciara.

— ¿Qué pasa, no aguantas otro asalto?—Le pregunté como si mi cama fuera una tarima para combatir en el sexo.

Me explicó que el problema era la falta de preservativos.

¡No podía creerlo, que hombre tan poco preparado!

Pero ni por esas se libró, le bajé el bóxer divertida y con una sonrisa traviesa. Se limitó a reposar su cabeza en la almohada y abrió sus piernas. Metí su pene todo en mi boca, aproveché que no estaba aún excitada del todo su verga, o eso me pareció. Su tamaño y grosor dejaba mucho que desear. Tal vez avergonzado de que viera su miembro con exactitud a tan solo cinco minutos de tenerla en mi boca, cogió de mis brazos subiéndome de entre sus piernas.

Ahora era yo quien llevaba las riendas, mientras le cabalgaba cogí su mano y la puse en mi sexo, quería que tocara mi clítoris y así poder correrme. Acariciaba rápido, mis movimientos se aceleraban. Sus gemidos empezaron a ser escandalosos, anunciaban el final. Mi culo bajaba, subía, hasta que rompí en el orgasmo.

Saqué su verga, la masturbé con la boca, en un sinfín de gemidos quedó manchada mi cara con su satisfacción.

Eso ocurrió el 26 de mayo, a día de hoy 5 de septiembre no he vuelto a quedar con él. Pero me inspiró a escribir un poema.

Versos en la noche

Con su arma desfundada,

confundida me dejó.

Su grosor inexistente bajo mi sexo latente.

Dentro, fuera,

fuera dentro,

214

Susúrrame entre las Piernas

tan pérdida en mi interior.

La no llegada me desespera,

un poquito más dura por favor.

Te esposo a la cama,

tendrás que chupar con fervor.

El muñeco diabólico.

Este capítulo de mi vida es corto, pero me costó superar mucho este mal trago que me preparó el destino sin apenas tener sospecha de que aquello podía suceder. A día de hoy no he vuelto a estar con ningún hombre. Es imposible olvidar la expresión de su cara, aquella que me llevó a sentir tanto terror desnuda bajo ese hombre. Al recordar sus palabras aun retumban en mi cabeza, puedo recordar aquella desagradable sensación.

— Puta, te quedas solo para que te lleve a casa, mira que puta eres, vete de mi casa, puta.

Susúrrame entre las Piernas

Era una noche calurosa principios de verano, Salí a divertirme haciendo lo que más me gusta, bailar. La noche se me antojaba entre risas, alcohol y coqueteo si merecía la ocasión.

Todo iba bien pero la noche se torció, no podía creerlo, detrás de mí ahí bailando, estaba Guillermo. Era la primera vez que lo veía desde aquella noche que me dejó en casa y le dije;

— Te quiero, acuérdate que me debes una.

Yo esperaba el placer de su lengua atrapando todo mi ser, pero a los dos días de no contestar a mis llamadas, ni mensajes, me llamó a las 9 de la mañana el 6 de febrero dejando la relación.

— Quería hablar contigo, esto ya no funciona, no es lo mismo no quiero seguir contigo.

Sus palabras confirmaban mis sospechas, la rabia se apoderó de mí, no podía entender por qué alargó su engaño. Solo hacía dos meses que terminé con la relación y se retomó a las dos semanas.

Sus lágrimas me parecieron tan sentidas, maldito como me engañó, solo quería vengarse y hacerme sufrir.

Susúrrame entre las Piernas

Apoderada de mi histeria contesté;

— ¿Tú te crees que soy gilipollas, crees que no sé qué has estado follando con otra?—pregunté pero mi tono era afirmación.

— Si crees eso, pues si eres gilipollas.

Colgué, no quise escuchar más, encima me dejaba el muy arrogante insultándome, así acabó la relación.

Seguí bailando, fastidiada pero entusiasmada por demostrar lo contrario.

Había hombres que se acercaron a bailar conmigo, mientras Guillermo seguía aun detrás viendo o esquivando la mirada al baile del contoneo de mis caderas. Yo a espaldas no podía saber, pero apostaba a que no podría evitar mirar.

Cosa del destino me brindó la ocasión de que me viera besarme con otro hombre.

Me encontré con un viejo conocido de la noche, había cambiado tanto que no parecía el mismo, había estado machacando su cuerpo sin duda durante aquellos años.

Lo recordaba como un chico tímido, nos remontamos al año 2001. Por aquellos entonces el coqueteo nos llevó a unos cuantos besos en aquella discoteca donde nos conocimos y coincidíamos muchos sábados, no llegamos nunca a nada más.

Lo saludé pensando que ni se acordaría de mí, pero me equivoqué aún me recordaba.

Estuvimos bailando, me abalance a besarlo, Guillermo debió verlo, aún estaba allí.

Mis amigas se marchaban pero yo no quería que la noche se acabara aun, me quedé con el muñeco diabólico. Cuando salimos de la discoteca nos dirigimos a su casa.

Estando ya en su habitación, no paraba de hablar, me sentía aturdida por lo que contaba. Me contó que la última mujer que estuvo en su casa no quiso tener relaciones con él. No entendía a que podía ser debido eso, y le afirmé que mis intenciones si eran tener sexo con él.

Después de estar un rato hablando se escuchó como abrían la puerta de la casa, era su madre. Salió de la habitación para hablar con ella, después volvió y me dijo que saliera a saludar. Me negué, me moría de la vergüenza. Entonces empezó a decir;

— ¡Mama, que la tía esta no quiere salir a saludarte!

Qué modo más despectivo utilizó para nombrarme, supongo que su madre no diría nada o al menos yo no la escuché.

Entró de nuevo en la habitación y empezó a desnudarme, la expresión de su cara me asustó, parecía desencajada, sacaba su lengua, la pasaba por sus labios de forma exagerada, me resultaba desagradable.

Me tumbó en la cama con un pequeño empujón, se desnudó. Empezó a rozar su verga en mi coño, era grande y estaba sin circuncidar.

— Zorra, te gusta mi polla.

Desde la altura de estar sentado, empezó a escupir en mi coño hasta cuatro veces, seguía pasando su lengua de esa manera desagradable. Mi lívido se había evaporado, no quería ni que me tocara ni follar.

De repente escupió en mi cara, mi rostro debió reflejar mi enfado mezclado con el miedo que sentía desnuda bajo ese hombre. Me levanté, le dije que a mí eso no me gustaba, que no iba a follar con él.

Su mirada se enfureció.

— ¿Pero qué dices zorra, para que viniste? ¿Que eres una calienta pollas?

Yo quería salir de allí, pero estaba en un pueblo que no conocía apenas y no me llegaba el dinero para un taxi, estaba muy lejos el trayecto de ese pueblo hasta mi casa.

Pensé que me llevaría a casa parecía más calmado, me vestí y me quedé sentada en la cama, estaba asustada y no sabía qué hacer. De pronto se puso a chillar como un loco, no había nadie en la casa, su madre se había marchado.

— ¡Puta, vete de mi casa!

Salí corriendo escaleras abajo, fue tras de mí y al siguiente rellano tras el suyo me cogió fuerte del brazo y exclamó: <<*Espera, no te vayas, te llevo a tu casa*>>.

Mi cuerpo estaba apoderado del terror, me imaginaba lo peor, podía ser empujada escaleras abajo u obligarme a volver a su casa y abusar de mí, no sabía de qué manera podría actuar.

Lo empujé, aun no sé de dónde saque el valor, mi cuerpo temblaba al completo y mi cara estaba desencajada.

— ¡No me toques, loco de mierda!

Salí corriendo escaleras abajo, estaba desorientada, asustada y atacada de los nervios. Eran las doce del mediodía del domingo e iba con la misma minifalda de la noche anterior, calzaba botas altas y un suéter con escote pronunciado. Se me antojaba que toda la gente me miraba, debían de estar de festejos en el pueblo ya que las calles próximas a su casa estaban invadidas. Tenía que buscar la estación de tren, paré a unos transeúntes que amablemente me indicaron el camino.

Cuando llegué a la estación de Valencia, tuve que cruzar todo el centro de la ciudad para llegar a mi parada de autobús. Los nervios el malestar provocado por la ansiedad, me acompañaron todo trayecto de viaje.

Llegué a casa, me metí en la ducha, mis lágrimas empezaron a caer descontroladas. El agua mojaba mi cuerpo, las lágrimas bañaban mi cara. Me tomé unas pastillas para dormir, como deseaba que todo hubiera sido una pesadilla.

¿Tan difícil es encontrar sexo sin ataduras, con alguien que sientas una conexión?

Esa pregunta ronda por mi mente desde la última experiencia con el muñeco diabólico.

Si no creo en el amor, tampoco en el sexo fuera de una relación, ¿qué me queda? Tocarme yo solita, me gusta aunque últimamente mi lívido debió de irse de viaje puesto que no me apetece.

Me voy a marchar a La Habana, mi lívido va a subir a mil, voy a comerme dos bananas de dos mulatos sabrosos. Necesito dejar de trabajar en los reportajes de novios, solo de pensar en esas miradas, con las que traspasan sus almas, me hace dudar si de verdad existirá el amor a largo plazo. Lo peor es cuando acaba la fiesta, yo recojo mis cosas y me voy a casa sola.

¿Y ellos? Aquella gente tan animada de seguro se va a follar. Sábado tras sábado venga el amor y el follar, no puedo más estoy harta.

Me levanté esta mañana y me fui a la agencia de viajes, compre mi vuelo, he alquilado una casa en La Villa Luz, es una preciosa villa ubicada en el barrio de Siboney, La Habana. Me marcho tres meses, a la aventura, a explorar paisajes bajo el objetivo de mi cámara, me buscaré la vida, haré reportajes a turistas en esas playas de paraíso. Soy optimista y sé que podre apañármelas bien. Mis nervios recorren mi cuerpo desde que Alicia me entregó el sobre con los billetes, que me llevan al país de las maravillas. Un poema más de mi sentir.

Versos en la noche

Ansió la excitación bajo una mirada,

una piel al roce sensual, provocador.

Unos labios saboreando mi cuerpo,

absorbiendo toda mi pasión.

Un amor a la entrega fugaz,

Susúrrame entre las Piernas

capaz de prender mi instinto,

tranquilizador de mi alma.

Deseo ser deseada,

para que un volcán de euforia,

nos arrastre a la perdición de sentirnos

vulnerables bajo el placer de los dos.

10 de septiembre del 2010

El universo empieza a jugar a mi favor, conseguí trabajo en un hotel donde organizan fiestas emblemáticas, reconocidos DJ viajan hasta aquí y la fiesta no cesa hasta pasado dos días. Mi trabajo será hacer reportajes de fotos, a los asistentes de la fiesta, decorados, artistas que bailaran en las tarimas, etc.

Trabajaré el doble de horas permitidas, dieciséis. Cuando acabe mi trabajo, no me marcharé, entonces empezará la fiesta para mí, ¡a divertirme!

Ganaré bastante dinero con este trabajo, entre semana ya descansaré. Quiero perderme entre parajes afrodisíacos, también conocer cosas de este país que desconozco. Quisiera salir de la zona turista pero me aconsejan no hacerlo.

También tengo que relajarme y pensar con detenimiento, que rumbo tomar en mi vida cuando llegue a España.

11 de septiembre del 2010

Vivo en una preciosa Villa en el barrio residencial Siboney, se encuentra a quince minutos en coche del Vedado y a veinte minutos de La Habana Vieja.

Alicia me contó que Siboney es un barrio muy tranquilo y seguro, ello me ayudó a decidir instalarme aquí para vivir estos meses. Está ubicado al oeste de la ciudad, es en esta zona donde se encuentra la mayoría de casas de lujo de La Habana. A poca distancia del recinto ferial *Pabexpo,* del club Habana, de la Marina *Heminway* y de varios restaurantes.

Esta propiedad está distribuida en una sola planta, tiene un amplio jardín frontal que da acceso a la casa, el salón esta climatizado, tiene una amplia puerta de cristal que da acceso al jardín. El comedor es amplio con una mesa de madera para seis comensales, luego está el pasillo distribuidor de las habitaciones. Mi habitación es amplísima, con vestidor, desde mi ventana puedo ver el jardín con cascada. Menos mal que la casa esta acondicionada para combatir este calor infernal. Mi baño privado tiene jacuzzi. La zona del jardín posee una bonita cascada, árboles frutales, ranchón con parrilla, plancha, horno de leña y mesa para los comensales.

Comparto la casa con dos chicas cubanas, Fabiana y Lucia, trabajan de modelos o eso me contaron, yo creo que son prostitutas de lujo, *escort*. Curiosa por indagar les pregunté qué proyectos de trabajo tenían en Cuba. Las dos rieron tras mi pregunta y Lucia me contó que no estaban por trabajo, les gustaba pasar vacaciones en su tierra natal, no olvidaban sus orígenes por mucho que se codearan en su vida diaria con gente de alta sociedad. Vivian en Nueva York, se alojaran aquí dos meses uno menos que yo.

Ya puestas en tertulia les conté que me dedicaba a la fotografía, que vine a trabajar y a disfrutar también.

Les propuse hacerles un reportaje de fotos, me apetecía, con aquellos cuerpos de escándalo, esas piernas largas esbeltas y bien definidas. Esos abdominales y los pechos, sospecho, operados, pero por un buen cirujano, son impactantes pero exuberantes. Qué decir de sus traseros, perfecto enloquecedor de los hombres imagino y apuesto que adivino.

¡Las horas que deben de pasar estas mujeres en el gimnasio, que poco deben de comer!

A mí me vino bien la soltería, mi estómago se cerró, al principio me pasaba los días llorando y durmiendo. Me gustaba dormir porque así mis lágrimas desaparecían.

Consigo de momento mantener el peso evitando excesos, no estoy exageradamente delgada, pero aquellos kilos de más se fueron y me siento genial con mi cuerpo.

Les gustó mi idea, pero me pusieron la condición de que yo tenía que salir en algunas de las fotos con ellas, sin pudor acepté.

Cuba me inspira.

Versos en la noche

Susúrrame entre las Piernas

"Sentida libertad,

para encontrar la manera de seguir,

cuando regrese allí.

Incógnitas de que va a ser después

de haber estado aquí".

14 de septiembre del 2010

Hoy fuimos a la playa, nos pusimos los biquinis y un fino pareo negro que ha trasluz se transparentaban nuestros tres traseros. Los tres iguales por la sesión de fotos que nos íbamos hacer. Pensaba captar, observar por el objetivo de mi cámara ese bello paisaje con aquellas dos cubanas de impacto.

Se quitaron los pareos, quedaron al descubierto dos mini biquinis blancos, una pequeña tela cubría sus pechos y un fino tanga en triangulo pequeño cubriendo sus intimidades.

Se tumbaron en la orilla de la playa boca bajo, sus melenas morenas con rizo pequeño, en movimiento por una ligera brisa. Sus sonrisas eclipsaban al paisaje de fondo. Las olas viajaban por el cuerpo de ambas, sus traseros se asomaban entre oleaje. Sus miradas ahora centradas en mi objetivo, quedó perfecta esa primera foto.

Ahí me di cuenta que mis sospechas eran falsas, si eran modelos, las delató esa forma de posar frente a la cámara.

¡Qué loca!, ¡mira que pensar que eran putas y de las caras!

Ellas posaban y yo captaba la esencia de sus cuerpos y miradas. Se pusieron cara al mar, a espaldas de mi objetivo sus rodillas clavadas en la arena, sus traseros respingones tan atrayentes bajo las miradas de transeúntes mirones que pararon mientras hacia las fotos. Ellos debieron de ponerse cachondos perdidos debido al espectáculo.

Luego arrodilladas una frente de la otra, acercaron sus cabezas sacaron sus lenguas y se saborearon con un beso. Yo empecé a moverme cogiendo diferentes ángulos para las fotos. Sus manos paseaban por el cuerpo de la otra, caricias sensuales se dedicaban. Se quitaron esa pequeña tela dejando al descubierto sus pechos. Sus cuerpos bailaban en movimiento sensual, mi cámara no paraba de captar.

Después de incalculables fotos puse la cámara preparada con temporizador y con disparos automáticos, la coloqué en el trípode. Me quité el pareo y posamos las tres.

Quedaron unas fotos divertidas y sensuales, sobre todo las de nuestros cuerpos mojados, pegados a esos pareos, mostrando nuestros traseros a trasluz.

Cuando llegamos a casa Lucia propuso llenar el jacuzzi y seguir con la sesión de fotos.

Entraron las dos desnudas.

— Nos gustaría hacernos alguna foto mientras follamos.

No salía del asombro por aquella proposición, pero si les hacía ilusión hacerse esas fotos, soy lo suficientemente profesional para hacerlas.

Fabiana se sentó al borde del jacuzzi, abrió sus piernas, Lucia se arrodilló acercando su cabeza a su coño, empezó a saborear con su lengua. Lucia curvaba su cuerpo hacia atrás apoyando sus manos en la madera del jacuzzi. Sin apartar la mirada observaba el espectáculo excitante de su sexo devorado con ímpetu por Lucia.

Susúrrame entre las Piernas

Hice varias fotos, Fabiana gemía de placer, con su orgasmo mancho la lengua y labios de Lucia. Acerqué mi objetivo y fotografié su cara, luego un primer plano del sexo de Fabiana manchado por el desenlace de su órgano. Empezaron a besarse, yo bajé la cámara y observé. No entendía que me estaba pasando, a pesar de que no me gustan las mujeres, me sentía excitada al mirarlas.

— Deja la cámara, ¿por qué no vienes a disfrutar con nosotras? Puedo sentir tu excitación. —exclamó Lucia.

Me aventuré sin pensarlo dos veces, me desnudé y salieron del jacuzzi, Fabiana propuso ir a la sala del billar, una vez allí Lucia metió su lengua en mi boca y me besó con pasión, no hubiera imaginado nunca que una mujer me besara así y me pusiera a mil. Mi sexo empezó a humedecerse, me apoyó en la mesa de billar curvando mi cuerpo hacia delante, con una mano en mi pecho acariciando y apretando. Con la otra mano en mi cabeza invitándome a bajarla hasta el tapete del billar, posando mi mejilla en él. Fabiana se arrodilló detrás de mí, abrió mi trasero y empezó a lamer. Lucia se arrodilló también, quedando su cara frente a mi coño, sacó la lengua y saboreó mi clítoris. Me sentía más lujuriosa que nunca recibiendo el placer que ambas me daban, fue tan grande la excitación que no pude evitar a pocos minutos romper en el orgasmo entre gemidos incontrolables.

— ¿Te gustó?—Preguntó Fabiana.

— Me encantó— respondí tras un suspiro.

— Cuando quieras repetimos— contestó dedicándome una sonrisa.

Pensé que después de mi orgasmo seguiría el juego, pero me equivoqué. Se marcharon cada una a su habitación, dejándome allí desnuda intentando comprender, era la primera vez que sentía placer provocado por una mujer, y encima habían sido con dos a la par. Creo que no me hubiera atrevido a lamer sus sexos, pero me quedé con las ganas de saborear aquellos pezones. Puede que en otra ocasión, tal vez.

25 de septiembre del 2010

Versos en la noche

Movimientos sensuales,

deslizantes caricias, mientras el baile.

232

Susúrrame entre las Piernas

Sabroso cubano,

de sangre caliente,

ardiente de cuerpo.

Su movimiento de trasero me incita imágenes,

en mi pensamiento.

Baile sensual con cruce de miradas,

antes de voltear.

Su pierna me atrapa,

sus brazos me acunan a deslizarme,

en el deseo de un baile más íntimo.

Escondidos de miradas ajenas,

mientras caen nuestras prendas.

Desnudos, la salsa sabe mejor.

Desenfrena pasión.

El picante cubano y la salsa.

Susúrrame entre las Piernas

Hoy me invitaron Fabiana y Lucia a una fiesta en la playa donde se reunían amigos y familiares de ambas.

Lo conocí a él, picante cubano, me siento hechizada por ese sensual movimiento de caderas, ese culo respingón que me he atrevido a tocar mientras bailaba con él. No pude resistirme, me gustan los traseros bien puestos. Y encima iba con tanga, eso es provocación, estaba buscando guerra y me dejaba sin respiración cuando rozaba mi sexo con su *"anaconda"* apretando de mi cintura hacia él. Tan dura y tan gorda. ¡Y venga el bailecito!

El atardecer asomaba en la playa y el picante cubano con aquella *"banana"* entre mis piernas, lástima que estábamos allí rodeados de gente, en plena fiesta. Yo quería salir corriendo de allí y correrme una juerga de orgasmos. Me lo imaginaba en la mesa de billar, donde su hermana Fabiana había degustado mi culo. Mientras dábamos vueltas bailando, yo me imaginaba a cuatro encima del billar, y él, al igual que su hermana, directo a mi culo rozando con su polla, pero bien despacio.

Necesitaba descanso, mi calentura necesitaba ser calmada con un buen chapuzón. Pero confieso que esperaba que picantito cubano me siguiera al mar. No hubiera dudado en engancharlo en el agua, y preguntarle cómo era tan malvado, como osaba arder mi cuerpo de esa manera.

¡Pues sí, no entiendo para qué! Ni me siguió al agua ni a casa, no tuve más remedio que irme con mi calentón.

Cuando salí del agua ya se había marchado. Se me escapó la presa y estaba bien sabrosa.

¡Vaya mierda! Esto de buscar placeres sin nombre se me está complicando.

Es tan alto, tan guapo que a España me lo llevaba de amante. Con esa manera de bailar, ¡madre mía como debe de follar! firmaba para que mis orgasmos llevaran su nombre. En otra ocasión estoy dispuesta a atacar, no se me vuelve a escapar. Dejo a Melissa, la cobarde, en casa y me envalentono y acabo degustando la salsa de su cuerpo caliente.

27 de septiembre del 2010

Un número se anuncia en la pantalla de mi teléfono, descuelgo con la intriga de quién será. Su voz no suena picante, pero ese acento divertido me hace mucha gracia, picante cubano me llamó hace un par de horas.

— Melissa, mi amor, ¿cómo estás bonita?— *"Mi amor "sonaba* simpático pronunciado por él.

— Hola salsero, ¡cómo estás! No es pregunta es afirmación, pero que malvado eres, te fuiste en pleno calentón. A los que hacen eso ¿sabes cómo se les llama en España?

— ¿El qué mi amor? No comprendo, Melissa me gustó tu contoneo de caderas, mi amor, menuda excitación.

— Sí, eso ya lo sé, pero te hice una pregunta, ¿lo sabes o no?— Mi risa contagiaba la suya.

— No, dímelo.

— Se les llama hombres microondas mi *"amol"*— contesté imitando su pronunciación.

— Disculpa, me arrodillo ante ti, esperando el perdón.

— Arrodíllate pero acaba aquel calentón, y estarás perdonado.

Susúrrame entre las Piernas

Su risa no cesaba, reíamos a la par. Sabíamos que podría ser excitante y divertido también. Creo que follaríamos riendo y concentraríamos nuestros sexos a la perfección.

— Me tuve que ir a una urgencia, no pude despedirme, tú te fuiste a lo sirenita a la mar. Mi amor, no pude esperarla, llamé a Fabiana y le pedí tu número de teléfono. Bonita rubia de seductora mirada, le propongo un encuentro a la orilla de la playa, donde la luna sea la única testigo de la caída del infierno de nuestros cuerpos. Donde aun comiéndonos a besos salados, nos sigan sabiendo a dulce.

Las risas se silenciaron, me dejó derretida imaginando su culo y mi lengua esclavizándolo al placer, tumbados en la arena.

— Melissa, mi amor, ¿sigues ahí?

Bajé de mi fantasía y le pregunté hora y lugar.

— Te pasaré a buscar, es una sorpresa, tu mi amor déjate llevar. Voy a vendar tus ojos y espero que al abrirlos encuentres lo que imaginaste en el camino, te los vendaré hasta llegar.

¿Pues qué me voy a imaginar? Está claro poco misterio. Lo llevaré desnudo en mi mente durante el trayecto, mi deseo es su cuerpo, una botella de vino. Me imagino cayendo el líquido, en su piel morena, empezando por el pecho llegando hasta donde el sabor del vino se mezcla con esas gotitas provocadas por la excitación y yo lamiendo todo ese sabor.

— Te recojo a las ocho, mi rubia de mirada felina.

— Vale papito— Se me escapó una risa, mamita, papito que ridículo me suena.— Preparada me tendrás para la fiesta más caliente, te voy a devorar.

— Que rico suena.

Está dispuesto a prender su cuerpo con el mío y que explote el volcán. Estoy nerviosa, no me lo esperaba, pensé que sería otro polvo de esos que se quedan en mi imaginación, pero la cosa promete, es un romántico y me voy a dejar llevar por su cuento inventado, ese que versa y me pone caliente. Estoy deseando besar sus carnosos labios.

28 de septiembre del 2010

El trayecto del viaje en coche hasta llegar al lugar fue corto, pero lo suficiente largo para imaginar y llegar caliente con la lívido desbordada.

Susúrrame entre las Piernas

Toda escena de cuentos de princesas bajo la venda se encontraba. ¡Qué bonito! Una mesa en forma de corazón, con un mantel cubriéndola rojo. Velas que perfumaban el ambiente con una exquisita fragancia. Dos antorchas clavadas en la orilla reflejando sus llamas en el agua. En medio del horizonte la luna llena se reflejaba.

Las sillas cubiertas por una tela blanca atado un lazo detrás, acompañando al romanticismo que le caracteriza.

Picante cubano, romántico y ardiente se me presenta de impresión feroz, salvaje y sensible una rara mezcla, pero menudo placer.

— ¿Te gusta, mi amor, el lugar?

¡Que si me gustaba! Que malvado, bien sabía que me encantaba, mi cara de sorpresa me delataba. No estaba desnudo como imaginé, pero estaba tan elegante y seductor con ese atuendo de lino blanco. Guapísimo, sus ojos son verdes turquesa, apuesto que son lentillas de colores pero le quedan divinas, dulcifican sus facciones bajo ese moreno tostado y café con leche.

Susúrrame entre las Piernas

Yo llegué morena de España, este año acabo tan negra como mi cubano.

— Claro que me gusta, muy bonito e íntimo, la cena se me antoja sabrosa, como el postre que me serviré yo sola.

— Siéntate abusona traviesa—me dijo, una sonrisa se dibujaba en sus labios. Mientras yo lo provocaba fijando mi mirada en dirección a su miembro.

— Voy a deleitarme cuando me apetezca con ella, bajando mis rodillas a la arena, lamiendo tu polla.—Exclamé divertida mordiendo mi labio.

— ¿Quieres empezar, mi amor? no quisiera que la tardanza de la cena enfrié tu excitación. Su sonrisa nerviosa delataba sus ganas de sentir mi boca.

— Vamos a brindar mi cubanito romancero—dije levantando la copa de vino.

— Brindo por la reina de la noche, que bonita te ves mi amor. Espectacular vestido rojo que elegiste para la ocasión, pero ansió en desnudarla y descubrir el pecado, envuelto en el placer de su desnudez.

Susúrrame entre las Piernas

Ya no sé si por generosa o ansiosa, clavé mis rodillas en la arena, él ya había desnudado aquella verga de impacto. Primera impresión terror, de lo grande y gorda que era, pero con buen manejo iba acabar mi sequia a lo grande, nunca mejor dicho.

Cogía mi cabeza, sus dedos enmarañados en mi pelo. Yo aceleraba el ritmo, me sentía ahogada con aquella tremenda polla, la saqué de mi boca y pasee mi lengua por sus testículos para así aprovechar y coger un poco de aliento. Quería acabarla en mi boca, saborear su excitación, que manchara mis ganas. Así lo hice derramó su lava de placer en mi boca y yo la tragué.

Me volví a sentar en mi sitio, su cara era pura expresión.

— No salgo del asombro mi amor, me encantó tan profunda en tu boca, que gran satisfacción sentí en mi orgasmo. Era tanta la calentura que temía por ti, mi rubia. Cuando me corrí en tu boca, debiste quedar ahogada con mi leche.

Los dos empezamos a reír, alzó su copa.

— Brindemos por ti mi rubia, merecedora de mis suspiros, porque la noche fluya.

— Eso, que fluya entre flujos—interrumpí.

Empezó a reír, era una de esas risas contagiosas, parecíamos poseídos en un ataque de histeria. Empezamos a cenar un buen manjar, teníamos en la mesa unos platos que tenían buena pinta tanto como el sabor. En el centro había un plato de yuca con mojo y una ensalada de pollo y papas para compartir. Dos platos de Rabo encendido, es un típico plato cubano picante, delicioso estofado preparado con rabo de buey. Se sirve caliente sobre el arroz y dos platos con dos langostas.

Estuvimos hablando de su futuro en Irlanda como doctor, justo en el momento que acabemos con el postre, una tarta de mojito y de repente recibió una llamada en su teléfono.

— Enseguida llego.

No podía creerlo, ¿Cómo qué se marchaba? Cuando acabó la llamada me explicó.

— Llegó mi hermano herido de una bala, vamos.

Salimos apresurados para la casa, pasamos por delante de una cabaña de madera que estaba en la playa, todo el recinto de su propiedad. Llegamos a una enorme casa, de fachada blanca y cruzamos el jardín hasta llegar al interior de la casa. Un joven con semblante parecido a Fabiana, era su hermano mellizo. Quedé impactada con aquella imagen de ese joven tumbado en el suelo, desangrándose, retorciéndose de dolor, sus gritos se escuchaban por toda la casa. Le habían disparado en la pierna derecha, la bala estaba hundida arriba de la rodilla.

Una mujer entrada en carnes de mediana edad y de nombre Argentina, era su ama de llaves. Me cogió del brazo y me acompañó al dormitorio de mi picante cubano. Cansada de esperarlo, quedé dormida en la cama, con ese vestido provocador de su excitación. Me desperté a las ocho de la mañana, aquellas sábanas negras de seda cubrían mi cuerpo desnudo, estaba sola en la habitación, me vestí y bajé las escaleras que llevaban al salón.

Ya no quedaba rastro de la dramática escena de la noche anterior. En ese momento, me vino la imagen de mi cubano a la cabeza con su traje blanco todo manchado de sangre de su hermano, un escalofrió recorrió mi cuerpo.

Salí al jardín, allí estaba esperándome y me dedicó una de sus mejores sonrisas, deduje que todo había acabado bien, Dreyfon estaba fuera de peligro.

— Hola, mi reina ¿Cómo dormiste? Yo no pude dormir, trasladé a mi hermano al tercer piso en una de las habitaciones, estará atendido durante veinticuatro horas por una buena enfermera que le administrará la medicación, estará a su cuidado. Fabiana se dirige hacía aquí, no quise asustarla ayer y esperé para contarle lo sucedido.— explicó—Tengo que ir a visitar a unos pacientes al pueblo Los Pocitos.

— Me alegro que haya salido todo bien con Dreyfon, que susto. ¿Te puedo acompañar? Puedo hacer de tu ayudante.

— ¿Estás segura, mi rubia, que quieres acompañarme? Es un poblado marginal, donde se ven las peores calamidades.—Me dijo sorprendido por mi propuesta.

— Me gustaría acercarme a la otra verdad del país, donde viven aquellos que no se acuerda la alta sociedad, los políticos. Tengo en mente un proyecto, hace un par de años ronda por mi mente. Me gustaría hacer un reportaje de fotos, y captar la sonrisa de los niños que bajo su ignorancia e inocencia de su niñez, sonríen a pesar de la miseria que les ha tocado vivir. Mi cabeza es un hervidero de ideas, me gustaría poner mi granito de arena para ayudar a esa gente, y si todo me sale como planeé lo puedo conseguir.

— Suena interesante tu proyecto, ya me contarás con detalle y si está en mi mano ayudarte no dudes que lo haré. Pero ahora tenemos que irnos, desayuna y marchamos a tu casa, para que te asees, puesto que aquí no tienes ropa.

Otra vez me quedé con las ganas de abrir mis piernas a su placer, pero no había tiempo, tenía que cumplir con su deber y atender aquellos pacientes.

— Bienvenida Melissa al mundo clandestino de La Habana, aquí no valen los cheques, ni las tarjetas de crédito. Venden de todo, materiales de construcción, hay un tipo con fecha de tunante, en la antesala de una cuartería inmunda, les enseña el lugar donde se vende cemento a granel, piedra, arena robada por la noche anterior de alguna obra estatal. Aquí en los barrios pobres Los Palacitos, San Leopoldo, Los Sitios, Carraguao, Jesús María Belén, Parraga, Palo Cagao, Zamora y Luyano son mercados negros. Se abastecen la mayoría de los citadinos para complementar las magras dietas que les ofrece el racionamiento alimenticio gubernamental.

— La otra cara de la moneda de La Habana— contesté pendiente de lo que él me contaba.

— También se vive de la compraventa, el lucro, casas de juegos ilegales y señores repletos de cadenas de dieciocho quintales que se dedican a empeñar objetos de valor.

Aquí se come una vez al día, se alimentan de lo que pueden, y toman ron a granel en cantidades industriales.

— ¿A que no sabes que en estos barrios del mercado subterráneo nacieron muchos de los beisbolistas que brillan y ganan salarios de seis ceros, en las grandes Ligas de Estados Unidos? En esas cuarterías devastadas, es donde se expande la mejor marihuana y de cocaína de La Habana. Donde también se alquilan putas por diez dólares la noche. Y para solucionar un problema a tiro pueden comprar una pistola rusa Makarov. Mira mi rubia, ves esa señora que vende arroz de la Yuma, de los Estados Unidos a 7 pesos 0.40 centavos de dólar la libra. Justo en la casa de al lado, echa de madera roída y húmeda, un negro enclenque vende leche en polvo a 30 pesos la libra un dólar 20 centavos. Pueden conseguir comida en cajas de cartón a 30 pesos. Remedos de pizza, carne de cerdo, jamón elaborado de forma clandestina en el patio trasero de su casa. También pueden cargar con varios kilos de sal, arroz o aceite de cocina, productos que por estos días están desaparecidos en La Habana. También se consiguen piezas para los coches, guitarra de cajón y tambores. Incluso aquí pueden comprar artículos eróticos como consoladores y vibradores. Se vende trajes para las chicas que llegan a los 15. También se ofrecen fontaneros, jardineros, albañiles para reparar casas.—Fue un magnífico guía.

— ¿Consoladores en el mercado clandestino? No me atrevería a comprar. ¿Sabes que me ronda por la cabeza desde hace tiempo? me gustaría abrirme una tenía de artículos eróticos .Es un proyecto que también tengo en mente. Rodearme de pollas de goma y vaginas profundas en el escaparate.

— Y deberás probar el producto para ofrecer buen servicio de recomendación al cliente— me dijo divertido.

— Bueno, sigue contándome, ¿este barrio es uno de los más marginales?— pregunto intrigada, el atendía a aquellos pacientes a voluntad propia. Su conocimiento en medicina le permitía curar a muchos de aquellos enfermos que sufren las enfermedades tropicales desatendidas (ETD), las que están relacionadas por vivir en la pobreza, un nivel de vulnerabilidad muy alto, hasta el punto de estar en juego su inexistencia por la mala calidad de vida.

El controla sus enfermedades unas de las peores dolencias la *dracunculiasis*, producida por la lombriz de Guinea, me contó que crece en el cuerpo de quienes consumen agua contaminada con pulgas acuáticas infectadas por ese parasito.

También visitó pacientes con la enfermedad del sueño, *tripanosomiasis a*fricana. Es trasmitida por la mosca *tse-tsé*.

Quedé impresionada cuando vi los enfermos de la *filariosis* una infección transmitida por mosquitos que ocasionan un agrandamiento anormal de los genitales, y de las extremidades.

— Aquí en Los Palacitos conviven cinco generaciones de cubanos muchos "hijos de la revolución" que han crecido bajo el hacinamiento, la insalubridad, la pesadumbre y delitos comunes. Muchos de los habitantes son mestizos o negros, en este municipio se practica con mayoritario entusiasmo de la religión afrocubana conocida como santería. Hacen excelentes bailes para los *Orishas*, en casa en solares. Existen más de 55 *babalawos* consagrados y unas 30 casa de raíz religiosa. También se practica la religión *abbakua*.

Existen varias ceibas donde se hacen brujerías, hechizos, ofendas para el tótem natural.

5 de octubre del 2010

Versos en la noche

Inevitable desespero al separarme de tu cuerpo,

baile soñado, inventamos caricias.

En tu lecho,

en el suelo sujetos a la lujuria.

Sometidos a la perversión,

atrapados en el placer supremo.

Arrojados por las ansias sufridas en la espera.

Deleitarte al sabor de mi cuerpo, pues es mi deseo.

Susúrrame entre las Piernas

Que las sombras del adiós,

No pueda frenar nuestra excitación.

El tiempo permitido disfrutemos aventureros,

en un sueño.

Mi amor forastero, furtivo siente mi latido.

Mis labios hinchados, obligo a lamer con descaro.

Pecado prendido de excitación, el sumergir del desenfreno.

El verso de aquella noche, el poema de mi loca aventura.

*Mi cubano picante, el anhelo vendrá a buscarte con añoranza de
disfrutar más tiempo.*

El destino es sabio y de seguro nos cruza en otro momento.

Tu verga mientras la dejo cobijada en mi recuerdo.

Fuimos con su jate por unas maravillosas playas, para conocer otra faceta de cuba, alejados del bullicio de La Habana y el desenfreno de Varadero. Ambos, excitados contemplando la belleza del lugar en el Rio Canimar.

Me sugiere un chapuzón, pero prefería que nuestros cuerpos sintieran la emoción alterada a expensas de amarse a instante fugaz.

— El chapuzón quiero que me lo des tú, con tus babas resbaladizas hasta mi sexo. ¿Qué te parece mi plan? ¿Te gusta?

— Pues entonces mi rubia, desnuda tu cuerpo, que el sol no podrá calentar tanto tu sexo como lo voy hacer yo con mi anaconda.

Mi risa fue inevitable, reíamos mientras nos desnudábamos.

Estábamos dispuestos a seguir el vaivén de las olas acompañando con la penetración profunda, esa que saciaba sus ganas y me elevaba para dejarme caer en vacío al precipicio del orgasmo.

Lamía con ganas, degustaba toda mi esencia, se la tenía reservada.

Me llevó a la parte de atrás y me invitó a arrodillarme, abrí mi boca todo lo que pude, con gula de lamer su enorme falo. Chupé con descaro, gimió sin permiso. Envuelta en un mar de sensaciones quise sentir su aliento cerca de entre mis piernas, susurrándome córrete. Saqué su miembro de mi boca.

— Túmbate—ordeno —ven a lamer mi coño, me debes una.

— Lameré tu exquisito hermoso coño, hasta secar con mi lengua todo ese jugo que guardaste paciente. Mi rubia no desesperes, túmbate, ábreme paso entre tus piernas que a dúo de labios hinchados me vas a entregar tu orgasmo. Deseo saborear desde que me hipnotizaste con tu movimiento de trasero, aquel día en la playa y nuestro primer encuentro.

Me senté en su boca, mi cuerpo se curvaba con su degustación. Con esmero paseaba su lengua, yo gemía incluso suspiraba de placer. Insistente lengua entró profunda en mi interior, escurridiza dura. Impregnándose de mis gotas de placer. Lamiendo con ansia, en mi cuerpo un desenfreno de calentura que me llevó a gritar su nombre mientras caía gustosa, rota en el orgasmo.

Bajé de su boca, había arrasado con toda mi esencia, y quería ser yo la que empezara a follárselo, me puse en cuclillas encima de su polla. Mi excitación permitió su entrada sin complicación a pesar de su tamaño y de su grosor. Decido meterla despacio, el roce de su verga en las paredes de mi coño me llevaba a querer sentir su polla al tope final de mi sexo. Bajo con fuerza y quedo sentada con toda dentro.

Pongo mis rodillas a ambos lados de sus caderas. Con mis manos apoyadas en ese espectacular torso muevo mi culo como en un baile cubano, deprisa con toda aquella enorme verga. Bajo, subo, vuelvo más rápido, mientras el acariciaba mis pezones.

— Córrete, acaba envuelto en mi lujuria y la excitación de terminar los dos a la par en un último suspiro te haga gritar mi nombre, entrégame tu orgasmo .—ordené.

Juro que gritó mi nombre en el momento que sentía un orgasmo invadido de placer, apostaría porque fue un tiple orgasmo. Me llevaba a enloquecer cada resquicio de mi piel. Los dos conectados en un orgasmo cantado.

— ¡Uff! ¡Ha sido increíble! Mi reina, provocaste tanta leche, menos mal que use protección, te hubiera dado trillizos.—sonreía, a voz cansada pronunciaba su palabra.

— A mí me encantó follarte mi picante sabroso cubano, ¿un chapuzón? —mi tono de voz desprendía aun excitación.

Nos miramos, desviamos nuestras miradas al mar, era el momento de un buen chapuzón.

—Vamos.—Le dije bajando de encima, me había quedado encajada en sus brazos, descansando en su pecho, escuchando su fuerte latido, acelerado por aquel impresionante polvo.

Me sentía libre, en ese inmenso rio, desnuda de cuerpo, desnuda de sentimientos fugaces. Sabía que tal vez no volvería a estar con él, pero aun así aquello ere especial. Yo era la reina en su cuento y logró hacerme sentir especial, tan solo amó mi ser y llegó profundo a entregarme el placer que yo necesitaba.

Sus alabanzas hacían sentirme su única reina, aunque bien sabía que pronto debería despertar, pues él se marchaba a Irlanda y yo lo iba a extrañar.

11 de noviembre del 2010

A pocos días de mi cumpleaños el universo me ha preparado un regalo, un italiano que al mezclar su música me hizo bailar tanto en la pista, como tanto baile después en su cama.

Susúrrame entre las Piernas

Mi capuchino cremoso es uno de los DJ internacionales, que vinieron a la fiesta. Me acerqué con mi cámara a la cabina de los DJ; en ese momento, estaba solo bailando al ritmo del electro que pinchaba. Su imagen quedó guardada en el carrete de mi cama y también en mi pensamiento. Sus ojos azules tan claros trasparentes imitando al mar caribeño.

Su pelo a media melena y liso moreno. Sus facciones tan atractivas y joviales. La edad nunca me ha impedido devorar una buena presa con gusto, ansío poder saborear su crema, mi capuchino debe de saber tan delicioso. Siento mi sexo alterado mientras escribo y recuerdo su cuerpo.

Aquella camiseta blanca de tirantes, bajo esas abdominales que me atreví a manosear, mientras el entusiasmado se dejaba llevar por nuestro baile. Los dos solos en lo alto de la cabina.

— Me gusta como bailas, puedo sentir tu excitada necesidad de no perder el ritmo de mi música. Dejar libre cada movimiento, expresar con tu cuerpo lo que te produce la música. No te detengas, cierra tus ojos. Imagina bailando y que nadie te mira, emociona a tu corazón y tranquiliza tu alma de malos pensamientos. Siéntete libre y adivina que es lo que yo deseo.—Me dijo mirando mis ojos. Aguantando mi barbilla con su mano para luego besar mis labios.

Decidí seguir abriendo mis piernas al placer, saborear emociones a instantes. Mantener en silencio al corazón, así protegerlo del dolor. Y ahora por fin me está hiendo bien.

Vengo agotada de tanto follar, mañana pararé a firmar bajo mi pluma los orgasmos sentidos, relatados dejando constancia en estas páginas secretas que algún día me gustará releer y recordar al detalle.

Versos en la noche

Una sorpresa que dejó a mi presa bajo mi hechizo embrujado, sintiendo como invadía en su cuerpo la necesidad de acercar su miembro a explorar en mi sexo.

Tanta era la gula que despertaba su instinto feroz, penetraba con gusto, embestía feroz.

En un giro de placer lo tengo sometido a ser lamido por mi lengua, se estremece mientras chupo su trasero, agujero prohibido para algunos y tan saciados se sienten los que prueban a dejarse de prejuicios y exponerse aquel lindo placer.

Susúrrame entre las Piernas

Mis piernas temblaban, mi sexo hablaba un idioma que chorreaba sus ganas.

Aceleradas embestidas partimos la cama, aquello no impidió que en un concierto de orgasmos con música de fondo, esa su música. Quedamos envueltos en la lujuria de sentir tan grado de excitación, su gran miembro, su mano posada en mi cuello, mi cara un poema de placer. Grité ¡madre mía! Como grité al sentir todo ese placer. Gemidos alocados me acompañaron hasta caer en el orgasmo.

Las Andanzas de un tal Ferri

Armando Ferri

"A todas mis lectoras, con cariño y dedicación. Gracias siempre".

Susúrrame entre las Piernas

1. Cuando la conocí

Cuando la conocí, Lucía tenía diecisiete años; acababa de terminar el colegio y no tenía claro aún qué hacer con su vida: si estudiar o trabajar. Era una niña candorosa, de sonrisa transparente y tierna mirada. Una de esas chicas por la que cualquier hombre perdería la cabeza en pos de su corazón, sus pechos, nalgas y sexo.

Yo la conocía de vista nomas. Había sido alumna del sexto años de literatura, de la otra división a la mía. Yo enseñaba en ese mismo colegio; uno de mis primeros trabajos como profesor, y jamás había tenido ojos pecaminosos para con mis eventuales alumnas.

Tocó ese verano del 2001, en el que brindaba un taller de lectura y redacción en casa, que Lucía había empezado a concurrir con entusiasmo, enterada por unos folletos que había encontrado por la zona próxima al colegio.

En principio no la recordé del todo y ya luego de algunas palabras me cayó la ficha de dónde la ubicaba de cara.

259

El taller comenzó muy pobre ese año, apenas tres asistentes que pronto, por falta de interés o vaya uno a saber, fueron abandonando, llegando al quinto encuentro sólo Lucía como alumna y yo como profesor.

A esas alturas, por ratos, el fastidio del encierro nos agobia a ambos, y entonces decidí invitarla a completar el trabajo que le había encomendado en un paseo por el parque. Ella aceptó gustosa la invitación y juntos caminamos y charlamos más sobre nuestras vidas. Ella venía de romper con su noviecito de la adolescencia, aún algo triste de a ratos, y yo era soltero y recientemente emancipado de mis padres.

Al llegar al parque éramos otros; algo entre nosotros comenzaba a tejer una relación propia de dos almas afines que se miraban de otro modo. Cuando los silencios nos asaltaban, yo lo rompía con sutiles halagos a su persona y tomaba sus manos para hablarle frente a frente sobre lo encantado que me sentía en su compañía. Ella mostraba algo de recelos al principio, pues según me dijo tiempo después, me tenía por un seductor de alto vuelo. Lo cierto es que nada de eso era tal, solo era un joven profesional soltero, con una o más experiencias en la vida.

De pronto la tarde cambió y las nubes espesas cubrieron el cielo de este a oeste, y de norte a sur. Tomé a Lucía de la mano y corrimos como niños por aquellas calles hasta la puerta de casa. Pregunté a Lucía si quería que la acompañase hasta su casa o si prefería acompañarme un rato más en la mía. Para sorpresa mía, Lucía accedió a acompañarme un rato más en casa y subimos hasta el quinto piso, por las escaleras, todos empapados.

Yo me apresuré, una vez dentro del departamento, a preparar café para dos y ella seguía sacudiendo su blonda cabellera en una especie de nube mágica que me elevaba hasta los cielos. ¡Qué bella niña! ¡Qué hermosa mujer! ¡Qué sensual diosa al alcance de mis mortales instintos!

Entonces pasó al baño y yo fui hasta mi habitación y le traje una remera y hasta una camisa azul que poco había usado. Le ofrecí cambiar su ropa mojada por alguna de mis prendas de vestir y luego de varios ruegos, aceptó. Se puso la camisa y solo en camisa quedó, dejando su piel desnuda y fría por debajo de aquella prenda.

Tomamos en silencio el café y, de vez en cuando, levantaba su mirada y clavaba sus ojos celestes en los míos sin piedad alguna, como si la lluvia hubiera sido parte de un plan de mi parte; entonces reía como desde la nada misma y seguía sorbo a sorbo con su café. Yo, a tales momentos, trataba de posar mis pies en la tierra y me movía de un lado a otro sin cesar, como desesperado y angustiado a saber por qué, o como un jovenzuelo nervioso y ansioso sin saber qué hacer.

Lucía, que había notado toda la secuencia, dejaba doblar levemente sus labios en una sonrisa y callaba. ¡No decía nada! Se hizo como invisible en el mismo lugar, y de repente estaba allí, frente a mí, con sus labios temblando a menos de cinco centímetros de mi boca y a varios kilómetros del suelo los dos. Sí, lo confieso, ella fue quien dio el primer beso, ella fue quien acarició mi nuca y empujó irrefrenable su lengua en mi boca y ya todo explotó en mí. Olvidé que se trataba de mi alumna, que le llevaba algunos años, y que en asuntos de amor llevabas mis desventajas.

Susúrrame entre las Piernas

Su suave lengua serpenteaba en mí como un demonio que avivaba de mis deseos de hombre. Pronto mi verga saltaba excitada dentro de mis pantalones y ella restregaba feliz su cuerpo contra el mío. La tomé de la mano decidido ya, y la llevé entre besos y caricias hasta mi habitación. Creí por algún instante pondría resistencia, pero una vez ahí, me empujó sobre la cama y se abalanzó sobre mí, mientras sus deditos desprendían los botones de mi camisa. Se abrió paso con besos, desde la cima de mi cuello y hasta poco más abajo de mi pecho. Entonces paró, era mi momento.

Embriagado en frenesí, le quité la camisa azul como quien quita una remera y besé tierna y lunáticamente sus pechos, chupe sus rosados y duros pezones y así le arranqué los primeros gemidos de gozo. Besé su vientre y aún más; bajé hasta su sexo tibio y húmedo y probé de su dulce néctar. Así lo hice, provocando un huracán de placer entre su clítoris y mi lengua, y pronto estalló en un orgasmo que la estremeció de cuerpo entero.

Me quité rápido la ropa y me incorporé junto a ella en la cama; entonces nos besamos y acariciamos como dos desesperados. Le di media vuelta y repetí la travesura de los besos desde su nunca y por toda la espalda. Parecía completamente relajada ya; la besé aún más, con la propia lujuria del instante y llegué más allá de su cintura. Hundí lascivo mi lengua entre sus nalgas y ella no fue esquiva. Besé y mordí suavemente y le gustó. La tomé de las caderas y elevé su hermoso culo como preparando el altar donde nos inmolaríamos juntos.

Muy segura y confiada en mí, dejó todo cuanto venía a mi cargo. Besé y acaricié su sexo hasta mojar bien mis dedos y dejarla al borde nuevamente de otro orgasmo, y apoyé la tersa cabeza de mi verga en la puerta viscosa de su mundo maravilloso. Con una mano la sujete firme por la cadera, y con la otra me abrí paso entre sus nalgas y empujé, empujé y empujé, aún a vivas cuentas de sus pequeños quejidos. Empujé y empujé, y al fin mi verga cubría su vacío, llenando sus paredes y su largo, y haciéndonos uno sin tiempo para nada.

Esa tarde hicimos el amor como dos locos condenados hasta la noche, una y otra vez, y otra y otra, hasta quedar exhaustos. Nos levantamos, nos vestimos entre besos y abrazos, tomamos un café y luego la acompañé hasta su casa.

2. La decana

Poco después de nuestro casamiento, mis suegros se separaron y Amanda se vino a vivir con nosotros por un tiempo, hasta obtener algo de dinero o marcharse a vivir a otra parte.

Al principio fue raro. Digo, nadie se casa para tener a la suegra metida bajo el mismo techo. Parecen odiosos mis comentarios, pero a ciencia cierta es todo lo contrario. De ahí que yo la llamo cariñosamente La Decana; porque cada vez que mi mujer se sentía angustiada antes mis requerimientos sexuales, ella iba en clima de confidencia y lo charlaba con su madre.

Amanda nunca fue la típica suegra indiscreta y metida, otra era su experiencia de vida. Casada y divorciada varias veces, había acumulado en ella un vasto conocimiento de la vida y el sexo. Feminista de primera hora, había hecho del amor libre su bandera de guerra; no así salió mi mujer, más próxima al ejemplo conservador de su viejo padre.

Así fue, y gracias a mi suegra, que Lucía, mi mujer, fue accediendo poco a poco a todos mis caprichos. De día una excelente y respetable dama, y por las noche una extraordinaria diosa del amor. ¿O me vais a decir que no es lo mejor tenerlo todo en casa? Pues, yo ahí lo tenía.

Habían pasado cinco semanas ya desde que Amanda se había venido con nosotros, cuando comenzó a recibir las visitas de un nuevo amor. No es que nos molestase, pero poco sabíamos de cuándo se marcharía de casa. Hasta Lucía parecía algo incómoda con su presencia; y eso que yo ya empezaba a acostumbrarme a llegar del trabajo y encontrarme y saludar primero a Amanda antes que a Lucía.

Una tarde, después de salir de la oficina, fui con un amigo hasta un bar y bebimos algunas copas. Poco acostumbrado a ello, sentí como un ardor se potenciaba en mí y por temor a pasar a mayores puse fin a la algarabía. Me fui pronto a casa y en el camino recordé que Lucía esa noche había quedado con amigas para después del trabajo.

Cuando llegué a casa, me los encontré a Amanda y a su nuevo amante cogiendo en el sillón del living, con la sola luz del televisor encendido y en eso canales que solo pasan música romántica de los 70'. En un primer momento creí que no se habían percatado de mi llegada y del pudor que me subió, pasé a grandes pasos hasta la cocina sin decir una sola palabra. Amanda estaba hermosa, vestida apenas con una prenda de encaje negro, y se balanceaba encima de su querido, con la verga toda hasta el fondo, de espaldas a él y casi frente a mí.

Pensé que al verme dejaría en el acto lo que estaba haciendo, pero para sorpresa mía lejos estuvieron de eso. Él no me había visto -claro, cómo hacerlo, si estaba totalmente concentrado en Amanda-. Ella que sí me había visto observando en silencio, me dirigió la mirada entre gemido y gemido y me guiñó un ojo. Yo no podía creer todo aquello. Hasta tenía mi verga a punto de explotar dentro de mis pantalones y no podía dejar de espiar.

Al poco, Amanda se quitó de encima y se acomodó en cuatro patas, elevando su impresionante culo como bandera a lo más alto de un mástil, separó sus nalgas con sus manos y se dedicó a recibir brutales embestidas de su amante hasta que al parecer tuvo un orgasmo. Siguió unos momentos más así, debido a la excitación de su compañero de juerga, y luego se acomodó a otra forma, se sentó mientras su amante permanecía de pie y le tragó toda entera la polla. Él, enardecido y caliente a más no poder, gemía y deliraba palabras incomprensibles hasta que se descargó en ella. La leche la bañó toda en la cara y aún sobre sus pechos cayeron gotas; ambos se miraron a los ojos, sonrieron y dieron por terminada la cosa.

Yo subí a mi cuarto esa noche, imperceptible a todos, y me acosté pensando en toda aquella escena en la que serví de testigo y cómplice. Amanda nunca habló sobre ello con Lucía ni mucho menos conmigo. A partir de entonces, nuestra familia fue otra historia.

3. ¡Bienvenido, querido!

Ha debido esperarme impacientemente, pero con tiempo para improvisar una exquisita bienvenida. La cosa es que esa noche, en vez de llegar como cada viernes a las nueve de la noche, por cosas de un brindis corporativo, he llegado a casa cerca de las once. Ni bien entré, y no le adjudico mi percepción del momento a las copas de más, he sentido un aire enrarecido en el ambiente. Cierto perfume exótico, tal vez sahumerios de la India, quizás esencia de frutales frescos, pero igualmente fuera de lo normal. A media luz el fondo del pasillo que lleva a nuestro cuarto, la antesala permanecía en penumbras y casi a ciegas.

Un destello de velitas rojas perdidas tras algunos adornos de porcelana, sobre la chimenea, temblorosas señalaban una suerte de sendero que desembocaba en la cocina, pero que, y a su vez, se detenía frente al bar, donde dos finas copas resplandeciente de burbujas agitaban mis neuronas.

— ¡Lucía! —susurré tímidamente, proyectando mi voz hacia las sombras y nada. —¡Lucía!— insistí con marcado

269

ánimo en el tono. Nada. Caminé algunos pasos más, dejé el maletín a un lado de las escaleras y seguido pronuncié dos o tres veces más, una tras otra, su nombre por lo bajo.

Cuando pasaba junto al sofá de la sala, camino al bar, sentí de repente sobre mi pecho una presión pulsante que me paralizó en el envión; casi de inmediato, alcancé a visualizar con mayor precisión la silueta de Laura acostada sobre el sofá. Sobre mi pecho y pulsante, había detenido mi andar su delgada y elástica pierna, calzando en sus pies un elegantísimo par de zapatos tacón aguja. Instintivamente me incline hacia ella, suavemente, y ahí nomás sentí cómo jaló en seco de mi corbata hacia abajo y estrelló sobre mis labios la pasión de sus besos.

Sin soltar la amarra que me sumía a su voluntad, se reincorporó del sofá, a escasos centímetros frente a mí, y fue allí que sentí en frenético suspiro, sus uñas afiladas en mi cuello; luego, lamió el rastro ardiente de su dominio. Aproximó su rostro al mío, me apuñaló con su mirada y me dijo: "-Bienvenido, querido. Hace rato te esperaba". Entonces caminó frente a mí, sin soltarme en ningún instante, abriéndose camino por entre las sombras y más allá del bar, sin tocar siquiera las copas, me condujo directo a nuestro cuarto. De la excitación que tenía, no recuerdo haber pronunciado palabra alguna.

Una vez allí, parados frente a la cama, me quitó la corbata a tirones firmes y sin miramientos, la usó a modo de venda para mis ojos, me quitó el saco, me abrió la camisa lentamente, botón por botón, y al cabo pude sentir entonces, sobre mi pecho, la ardiente pasión que le quemaba por dentro. Besó, lamió y succionó. Su lengua se restregó sobre mis tetillas y aún un poco más abajo, mientras de mi boca se escapaban suspiros.

Por un breve momento se apartó de mí y me dejó desorientado en aquel contexto; y a pesar de que hasta el momento no había usado de mis manos más que para rozarla al descuido, cuando volví a sentir su presencia próxima a mí, estaba a mis espaldas; entonces llevó de a una mis manos hacia atrás, rodeando mis gruesas muñecas con fríos metales, y allí me dejó esposado. Luego me rodeó con sus brazos por la cintura, besando suavemente mi cuello y hombros, y me quitó el cinturón de hebilla. Al cabo volví a sentir su presencia frente a mí, y esta vez sentí como una columna de besos hormigueaban por debajo de mi ombligo, eran calientes y húmedos; me desprendió el pantalón y tomó de lleno mi verga en excitación; me jaló hacia atrás delicadamente, dejando tersa mi piel, y engulléndome vorazmente, después de un delicioso momento, logró con el solo movimiento de sus manos hacerme acabar en su boca hasta la última gota.

Hasta aquí la experiencia había sido exquisita; pero después de tragar todo, quitó la corbata de mis ojos, me liberó de las esposas y se tendió sobre la cama por un instante, de espaldas a mí, y finalmente elevó sus caderas para enseñarme el palpitar de su sexo empapado. Sin pensarlo dos veces, me arrojé boca arriba en la cama, dejando mi rostro enfrentado a su sexo, y devoré con todas mis ansias su coño chorreante. Acaricié sus nalgas, las abrí, las palmeé, las apreté y presioné contra mi boca, para hacerla estallar finalmente como a una loca. Gimió, gritó y suspiró; contrajo cada músculo de su pelvis, sus piernas y abdomen hasta lograr relajarse, después de haberle dando un respiro de ventaja.

La vi tendida y relajada, de espadas a mí y con las piernas separadas, casi sin reacción. Pero yo estaba nuevamente excitado, con mi puñal de nervios entre las manos y el instinto salvaje a punto. La miré por largo rato mientras me estimulaba en silencio y de pie junto a la cama. Cuando se percató, como volviendo de un largo sueño, levanto a penas su cabeza y la inclinó hacia donde yo estaba; tenía las manos cruzadas por debajo de la almohada y una sonrisa de oreja a oreja. La miré lujurioso, como fuera de mí, y me aproximé. Sentado sobre el borde de la cama, saqué de un cajón de la cómoda otro par de esposas y le dije: "Esto aún no ha acabado".

Entonces tomé delicadamente sus manos y coloqué en sus muñecas un par de esposas; la sujeté al respaldar de la cama y la dejé ahí por un instante. Mientras, me miraba fijamente, cuando podía, mordiéndose los labios y frotando su sexo entre las piernas. Tomé mi cinturón de hebilla, lo doblé en pliegues iguales y le azoté levemente, sin ánimo de hacerle daño; pero lo hice a gusto de ambos. Sus nalgas coloreaban en convulsión, y a ratos me pedía que le diera más y más fuerte. Solté el cinturón y comencé a nalguearla, valiéndome solo de mis manos. Por cada nalgueada, una caricia. Por cada caricia, un pellizco.

Así y de a poco, cuando noté su cuerpo en excitación, mis dedos frotaron presurosos su sexo nuevamente mojado, a la vez que comencé a estimular su pequeño y lúbrico orificio trasero. Una vez que mis dedos se abrieron paso con laboriosidad por entre sus nalgas, la tomé por la cintura y la acomodé a cuatro patas. Pegando mis caderas a las suyas, coloqué mi punta de lanza en el portal de las delicias y me fui abriendo paso entre sus gemidos. Hasta el fondo y sin pausa, clavé en ella toda mi bravura. Sujeté con firmeza su cintura nuevamente, con una de mis manos, y con la otra jalé de su cabellos en balanceos rítmicos que nos involucraban a los dos en una misma danza animal, e hicimos del tiempo un fuera de tiempo, casi eterno. De embestida en embestida nos hicimos uno; y mientras nuestras pieles ardieron como al calor de una hoguera, el sexo se nos hizo una quimera, transfigurándonos el uno en el otro, uniendo dos almas en un cuerpo.

4. Una de Ana

El teléfono ha tenido que sonar insistentemente hasta que por fin he despertado. Cuando por fin lo he tomado para contestar a la llamada, nada. Eran cerca de las cuatro de la mañana. Entonces he visto en el registro de llamadas que se trataba de Ana, la hija de Leticia, una vieja amiga y compañera de juerga, antes de casarme con Lucía. Le he devuelto la llamada pensando podía tratarse de algo urgente. Efectivamente.

Ana me contestó de inmediato y con voz quebrada y sollozante, algo histérica en la exposición, me ha rogado que vaya por ella hasta la quinta El retiro, a las afueras de la ciudad, porque se ha quedado varada y sin nadie que pueda sacarla de allí. He colgado y me vestido rápido para llegar lo antes posible hasta el lugar, sin siquiera preguntarme por qué a mí y no a su madre -¿qué diablos podría estar detrás de este llamado?-; digo, tampoco es que tengo tanta familiaridad con esta niña, siempre he sido todo para con su madre.

Casi a las seis ya estaba por la zona de El retiro; ni bien he llegado hasta la entrada, me ha salido al encuentro Ana, como de la nada, y he parado para que suba al auto. Estaba elegantemente presentable, con un vestido de noche azul marino y un peinado que le hacía ver unos años más grande de su edad, luciendo unas joyas que he reconocido al instante por ser de su mamá.

Ha subido adelante, junto a mí, y se me ha lanzado sobre el hombro a llorar. No le he dicho nada. Puse en marcha el automóvil y avance por el sendero hasta la ruta de salida y vuelta a la ciudad. Antes de llegar a la rotonda de entrada, ya más calma, me dijo que no quiere llegar en ese estado a su casa, que no quiere enfrentar a su madre así, que prefiere la lleve conmigo hasta mi casa, por un rato, y que ya luego se tomará un taxi hasta la suya.

Ya en casa la he notado más tranquila y como de costumbre, liviana de trato y más alegre. No me ha querido contar nada de lo que ha pasado por la noche; pero por Leticia he sabido después, que el novio de Ana había organizado una cena con la presencia de sus padres, y parecía que la finalidad era presentárselas. No hemos sabio más, pero del jovencito tampoco.

Después del café, Ana me ha agradecido el favor y me ha dicho, como quién trata a un abuelo bonachón, que si yo quería me podía recostar por un rato, mientras ella hacía unos llamados telefónicos. No le he puesto resistencia y pronto me he ido a tirar sobre la cama, dejándola a solas y en la sala. Al cabo de un buen rato, y ya casi amaneciendo, Ana me ha despertado con su sola presencia, parada allí, en el umbral de mi habitación: "Si estás mejor te llevo, Ana, ¿estás lista?". Se ha quedado mirándome fijo a los ojos sin mediar palabras.

Al verla allí, en esa actitud, la he visto otra, como redescubriendo a la mujer en la niña y reconociendo en su mirada y su silencio algo más allá de la simple cadena de eventos que la han traído hasta aquí. Ahora, entre los dos, estaba pasando algo nuevo —al menos para mí—. No he vuelto a insistir con mi pregunta inicial.

Ana se ha acercado hasta mí, al instante, permanecido de pie junto al borde de mi cama; mientras, yo me he reincorporado a medias, quedando sentado frente a ella, mirándola como quién mira a una vieja y celosa amante. La he sujetado por las cadenas y ella se ha dibujado una sonrisa encendida en los labios, para luego terminar mordiéndoselos con ardiente pasión.

Susúrrame entre las Piernas

¡Ya!, no he podido más. Mis manos se han deslizado con firmeza y delicadeza por debajo de su falda, y le he quitado lenta y suavemente la tanga sin siquiera notar algún temblor. La he volcado sobre la cama, separando sin resistencia alguna sus rodillas y la he besado; le he comido el sexo con ternura y voracidad, hasta sentir que mi saliva se mezclaba con los fluidos de su excitación. Ha gemido honda y roncamente, mientras sus manos revolvían mis caballos y hacían más y más presión contra su sexo empapado: "Hazme el amor ahora mismo, querido. No me puedo aguantar ni un minuto más. Quiero sentirte adentro y fundirme en ti. No me hagas esperar más que desespero"..., y su pedido ha sido satisfecho.

Me he reincorporado sobre ella, ya desnudo, y la he penetrado lenta y suavemente hasta su límite. En tanto, mis labios impertinentes han saboreado su cuello y mis manos, sin reposo, han buscado furtivas sus zonas más sensibles. Cuando su cuerpo ha dado con el ritmo preciso de las embestidas de mis caderas, su piernas me han rodeado y sus brazos también, clavado sin cuidado sus uñas en mi espalda, en señal de haber alcanzado su primer orgasmo.

Susúrrame entre las Piernas

Loca, desesperada y hambrienta, me ha besado desmesurada, mordiendo y lamiendo mis labios y mi lengua. Me he apartado de ella, quedando de pie al borde la cama, y la he volteado de espaldas a mí, para luego levantar sus caderas y dejarla en cuatro patas, con su sexo a la altura de mi cintura. Vista de atrás, su cuerpo de hembra excitada me ha embravecido nuevamente, hinchándoseme las venas con la sangre al galope, y la he embestido otra vez, pasando de un ritmo condescendiente al atropello bestial con mis caderas. He jalado de sus cabellos hasta dejarla mirándome de revés, haciéndola conscientes de mis gestos al clavarme dentro suyo hasta lo más profundo. Así un buen rato, se ha venido una vez tras otra, hasta hacerme explotar en semen, llenándola y convirtiendo a nuestras piernas en blancas cascadas chorreantes. Ni bien nos hemos saciado, ya de día, nuestros cuerpos se han abrazado hasta recomponer la calma. Luego Ana se ha retirado.

Mientras se vestía y después de haber llamado al taxi, me ha besado en la boca tiernamente, prometiendo guardar todo lo ocurrido como un secreto, y aclarándome que aquí no ha muerto nada. Yo, aún con la mente confusa, la he despedido casi sin pronunciar palabras.

5. Una de Leticia y Ana

Hoy, entre unos documentos que me ha traído la mensajería desde el estudio legal de Leticia, encontré una foto que ha puesto a propósito la muy pícara, entre los papeles de la sociedad. En ella estamos posando frente a una gran estufa, Leticia, Ana, Manuel y yo. Creo fue la segunda noche de nuestra estadía allí.

En resumen, Leticia me había invitado a pasar unos días en la casa de campo de Manuel, su reciente esposo, y con ellos también vendría Ana, que por entonces había regresado con ellos en plan de vacaciones de verano de la Universidad. La verdad es que siempre me la he pasado muy en esa cabaña y con amigos —ya que con Manuel nos conocemos de muy jóvenes—; así es que, sin poner excusa alguna, acepté acompañarlos.

Susúrrame entre las Piernas

Leticia fue por mí hasta casa el viernes por la tarde, ya que Manuel había quedado en recoger a Ana de la estación de buses, y de allí irían directo a la cabaña. En el camino, Leticia hizo un par de paradas y ya luego me dejó al volante hasta llegar a San Antonio, a poco menos de un kilómetro de nuestro destino. En el camino, ya en el último trecho, y después de gastar bromas y chistes a más no poder, Leticia hizo silencio y acomodó su cabeza en mi hombro, rodeando mi cuello con sus brazos. Me besó, nos besamos, me siguió acariciando y al toque posó su mano en mi entrepierna, frotando y estimulando mi verga que de inmediato respondió al estímulo.

De momento nada nos pareció inapropiado, habíamos tenido un romance en el pasado, y las cosas se dieron casi con naturalidad. Ella desabrochó mi bragueta, sacó mi verga y se echó sobre mí para darme una excitante mamada. ¡Ah, qué libertina y depravada mujer! Chupó, lamió y esculpió con su exquisita lengua, cada centímetro de mi miembro embravecido, en tanto yo seguía con cautela el rumbo fijo de la ruta, y acariciaba con firmeza su cabeza, con mis dedos enredados a sus cabellos, haciéndole presión contra mí, hasta por fin estallar en éxtasis junto a ella.

Susúrrame entre las Piernas

Al llegar, aparcamos frente a la casa y nos quedamos un momento dentro del auto, quizás esperando a que Manuel y Ana aparecieran detrás de nosotros. Así estuvimos un buen rato y nada. Ya eran casi las diez de la noche, entonces, ingresamos en la cabaña, y yo bajé el equipaje de ambos del auto a la sala, mientras Leticia preparaba algo para la cena y cantaba. Hacía años que no la escuchaba cantar, en de verdad que lo hacía bellamente. Estaba feliz y no lo disimulaba. Cruzábamos nuestras miradas, y con un gran brillo inusitado, me guiñaba un ojo a lo lejos. Seguía cantando.

Cerca de las once y media, Manuel llegaba por fin a la cabaña con Ana. Leticia salió a recibirlos y juntos entraron a casa, mientras yo, parado frente al ventanal de la sala, bebía un whisky on the rocks que me había preparado minutos antes. La primera en entrar fue Ana. Soltó sus maletas y mochila y corrió eufórica a mi encuentro -para entonces, ya había ocurrido hace tiempo lo de la noche de El Retiro-. Sin pudor alguno, saltó abrazándose a mi cuello y rodeándome entre sus piernas, parecía un oso koala sujeto a una rama.

Susúrrame entre las Piernas

Cierto es que la actitud de Ana hacia conmigo no llamó la atención de los presentes, pues de niña había tenido esa conducta afectuosa conmigo -yo era ahora como su tío postizo-. Ana no pronunció palabras, abrazada a mí me clavó fijo la mirada mientras se mordía los labios. Dio otro salto y ya en el suelo, rebotó loca por toda la sala en señal de felicidad, besando y abrazando a su madre, que de reojo me mirada con gestos de agrado. Preparé un trago a Manuel, y juntos fumamos un rico puro frente a la gran estufa mientras charlábamos de nuestras vidas.

Para la cena, y al azar, nos acomodamos de modo tal que, Leticia quedó frente a Manuel, que estaba junto a mí, hombro con hombro y a mi derecha; y Ana frente a mí, en una mesa que era algo estrecha. Luego del comer y de servirnos un trozo de pastel que había traído preparado Leticia de su casa, nos quedamos un buen rato de charla a la mesa, ya más relajados y complacidos. Entonces, ¡ay, entonces!, de la nada siento por debajo del mantel el pie travieso y delicado de una de ellas; efectivamente era el pie de Ana, el de Leticia no podía ser por cómo estábamos cruzados.

283

Susúrrame entre las Piernas

La muy juguetona se estiró y planchó su espalda en el respaldar de la silla, simulando cansancio extremo, con un dedo juguetón entre los dientes, y empezó a restregar su pie con esmero y delicadeza mi verga en celos. Así un buen rato hasta que se levantó de su lugar y fue a ayudar a su madre en la cocina. Yo quedé caliente, con el tiento hecho un hierro, mientras escuchaba, a lo lejos y muy disperso, la conversación que tan entusiastamente me ofrecía Manuel, whisky en mano y ya algo más que mareado.

Cuando las chicas terminaron con la cocina, Leticia invitó a Manuel a sus aposentos, y al instante subimos con Ana a revisar el orden y disposición de nuestras habitaciones. Al cabo, sospecho que mucho no importaba. Ni bien las luces se apagaron en todos los lechos, sentí viva la presencia de Ana a los pies de mi cama. Abrí los ojos en medio de las penumbras de esa noche de luna llena, y allí la vi, joven, radiante en su piel desnuda, y tan blanca como aquella luna. Acomodó su tibio cuerpo angelical a mí lado y comenzó a frotar su cuerpo contra el mío mientras me besaba suave y tiernamente. Acaricié su desnudez en medio del silencio y noté su sexo todo empapado.

Susúrrame entre las Piernas

La habitación de Ana estaba a dos a la par de la mía, y la de Leticia y Manuel a una cruzando el pasillo, después de pasar el baño. Ana se montó y cabalgó sobre mí, potro desbocado, y sin emitir grandes alaridos, gemidos o suspiros, se vino dos vez seguidas, al tiempo que yo le acabé cuando ya relajaba su cuerpo, después del estallido, y al instante, me dio un rico y fogoso beso, se apartó y fugó entre las sombras hasta su habitación, dejando mi puerta entreabierta. Minutos después de ese episodio furtivo me dormí complacido.

No sé cuánto habré dormido esa noche; lo que sé es que al instante de sentir el "clic" del seguro de la puerta, desperecé y me reincorporé exaltado del sueño, quedando sentado al borde de la cama.

—Shhhh —escuché al momento y supe enseguida que se trataba de Leticia. Vestida con su bata de verano, pronto se deshizo de ella y llegó hasta mí semidesnuda; se inclinó sobre mi rostro y al oído me susurró: "—Vamos, acaba lo que ha empezado Manuel hasta quedar dormido, que tú si sabes cómo poner el broche de oro". Ahí, medio tibio, medio helado por sus palabras, he quedado al punto para la saga.

No sé si esto se volvería hábito durante los siguientes días o de allí en adelante, por el tiempo que fuera inevitable. Leticia estaba ahí plantada frente a mí, sin ánimo de salir de la habitación igual de defraudada, donde mismo un rato antes había estado su libertina criatura. Pues nada, ¿qué tenía por perder, en esta vida que todo y de a poco venimos perdiendo? Tomé a Leticia por la cintura, la arrojé sobre la cama, deslicé mi labios y lengua por entre sus nalgas, saboreando con locura su sexo y culo, y cuando se vino, la giré boca arriba, separé sus piernas, rodillas en alto, y lancé de una sola estocada mi verga en su sexo. Ardía húmeda y apretada, y gemía hundiendo su cara en una almohada. No tuve piedad ni miramientos; la follé como si no hubiera amanecer posible luego de aquel momento. Una y otra vez, nos vinimos el uno en el otro, y al cabo de un par de horas, nos sorprendió el amanecer; Leticia devorando con hambre mi verga con gusto aún a Ana, y yo el manjar de su sexo, a penas magreado por Manuel.

6. Liverpool Club

La primera cita siempre cuenta como impresión; lleva mucho de sí, y del interés que ambas partes ponen de suyo propio, al vuelo hacia lo que vendrá —de querer o no—, una segunda oportunidad de seguir conociéndose. Este fue el caso de mi proximidad sentimental con María, hermana menor de un viejo amigo y socio de la familia en diversos negocios.

Para nuestro segundo encuentro, elegimos de común acuerdo el ir a cenar a lo de El Viejo Roble, un restaurante muy tradicional, elegante y bastante concurrido por un público selecto. Por mensajes le dicho que tengo un presente para ella, a lo que ha quedado alborotada por saber más al respecto. Cuando he pasado por ella, en la puerta de su casa y de salida, le he entregado en una cajita con fino embalaje, un rosario de bolitas chinas acompañadas de una tarjeta que decía: "Cumple con mi deseo, pequeña. Te adoro con todo el ardor de mi alma, tu Armando".

Una vez en el coche, me ha sonreído picarona y me ha dicho: "Pues ayúdame a cumplir con tu capricho". Ha sacado allí el rosario y luego se ha mojado con su propia saliva el coñito; después de empujar la primera bola y de tragarla, me ha indicado que meta una a una las demás bolas hasta dejar solo el hilo con su nudo afuera, para acomodar finalmente su tanga y vestido con compostura. Entonces sí, ahí, fuimos y pasamos una comida romántica, a la luz de las velas, con lo mejor de la cocina madrileña, propia de esa comunidad en Argentina.

Luego de la cena, y al cabo de una botella de vino, entre risas y charlas encendidas, he notado su cuerpo entre contorsiones, acalorándose al ritmo sutil de la fricción de sus piernas y las contracciones de sus músculos pélvicos. Entonces, la he cogido de la mano, y de improvisto, nos hemos retirado del lugar, no sin antes pagar la cuenta y dejar una generosa propina al mozo que tan amablemente nos había atendido. La he tomado por sorpresa, lo sé por su cara de desconcierto. Me ha preguntado, no sin cierto grado de excitación en la voz, por nuestro próximo destino; y de inmediato le he respondido: "A Liverpool Club".

En la puerta del lugar, María ha cogido fuertemente mi mano y ha caminado segura a mi lado. En la ventana lúgubre de la antesala, he pagado por dos entradas, asegurándome así una mesa. Del otro lado de la tela enrejada, un gigante calvo ha extendido su brazo todo tatuado, de mi lado, y me ha entregado los dos boletos sin decir si quiera un 'Buenas noches', pero sin embargo y a cambio, me ha clavado una sanguinaria mirada desde sus ojos celestes, a modo de advertencia.

Tras cruzar el umbral de una puerta de mediano tamaño, hemos andado en oscuras por un pasillo angosto de unos cinco metros de largo hasta dar con un telón a modo de segunda puerta. Una vez en el salón, y a simple vista, el lugar no parecía exceder la capacidad máxima para unas doscientas personas. Allí estaban dispuestas, en diversidad de perspectiva y profundidad, las mesas alrededor de un pequeño escenario en el centro.

El habitáculo permanecía casi entre las penumbras; solo algunos veleros improvisados echaban algo de luz desde las periferias, y era imposible de saber o divisar el rostro de las personas de las otras mesas circundantes. En tanto, un hombre con gesto taciturno nos guío por entre las mesas hasta nuestro lugar, y María acomodó su silla a la par mía, de manera tal de quedar frente al escenario.

Al cabo de unos minutos, yo he pedido una botella de champagne, mientras María no dejaba de mirar a su alrededor, con los ojos encendidos por la curiosidad, y extasiada por la atmósfera mística que se respiraba en aquél antro. Cuando por fin ha centrado su atención en mí, como posesa se ha arrojado entre mis brazos y me ha besado; y a pesar de que era nuestro primer beso, nuestros labios se han reencontrado después de varios excesos de lujuria y pasión. Hemos quedado a punto.

De repente, la intensidad de las luces a cambiado de un tono apagado a un cálido encendido en dirección al escenario; luego ha quedado todo en absoluta oscuridad, y al volver de a poco la luz, hemos observado sobre la tarima de negro caoba, una pareja de mujeres semidesnudas, como en estado de embriaguez, sobre una alfombra de roja pana, restregándose cuál dos serpientes apareadas, al ritmo leve de unas armonías del Oriente. Sus manos se buscaban hambrientas; sus senos, cinturas y caderas se agitaban candentes, sobre sus propios ejes, como dos flamas entrelazadas.

Pronto he sentido la presencia del cuerpo de María a mi lado pegada; me ha cogido por el brazo, apretándome con firmeza, y he podido observar, por debajo de la mesa, cómo desde las rodillas sus piernas se frotaban entre sí al ritmo frenético de aquellos cuerpos. Sin más, he posado mi mano por encima de sus rodillas temblorosas y sin dejar de observar el espectáculo que se alzaba ante nosotros, de a poco, he ido ascendiendo hasta llegar a la gloria, mientras ella lo consentía, separando y apretando a la vez mi mano entre sus piernas. Estaba toda empapada.

Cuando creíamos que las cosas no daban para más, las libidinosas se han desdoblado y triplicado a la vez, de un solo golpe, incluyendo en la escena la presencia de un macho semental en todas sus potencias. María y yo nos hemos quedado como suspendidos en lo que estábamos, con mis dedos dentro de su sexo escurriendo, contemplando las proezas de aquellos.

El Adonis, de blonda cabellera y miembro prodigioso, ha tomado por la cintura a la morena que estaba en cuatro patas comiendo del sexo de su compañera y de una salvaje y certera embestida a fondo la ha empalado, jalando con brío de su melena, mientras liberaba de su placentera tortura a la rubia.

Susúrrame entre las Piernas

Ha debido de sacudir los cuerpos de ambas por el lapso de diez minutos, en los que María ha dejado deslizar su culo hasta el borde de la silla, ya eufórica y embriagada por la excitación, y ha metido sin disimulo su mano por debajo de la falda, tomando con firmeza mi mano y, en lo que ha realizado unos pocos movimientos, ha dejado escapar el rosario todo impregnado de su ser, viniéndose ahí mismo, desbordada, tras exhalar por entre los labios apretado un desfile de gemidos y alaridos a mi oído.

Nuevamente, y de sorpresa, he cogido a María de la mano y nos hemos retirado de Liverpool Club; pero, esta vez, he sentido el peso casi muerto de su cuerpo tras de mí, resistiendo al envión de mi cuerpo en fuga. La he subido al coche, con su aplomo atípico y febril, del lado del acompañante y nos hemos escapado a toda marcha hacia ningún lugar, sin siquiera pronunciar media palabra, pero con las venas encendidas como por brasas vivas.

7. ¡Ya verá!

Casi que ya no me puedo controlar más. ¡Ah, cómo la deseo a la jodida! Le voy a pedir salir de copas e ir por ahí de paseo, tal vez a un parque, y en un descuido suyo abalanzarme sobre ella y robarle un beso, pero no un beso cualquiera, uno de esos que le hagan caer a chorros el deseo, sí. Ya verá esa bribona de lo que soy capaz. Tengo todas las ganas de comerle el coño, de comérselo como la he oído contándoselo a su mejor amiga, de cómo le gusta que se lo hagan.

Llevo tiempo de desearla, íntima y secretamente, en medio del trajín de la oficina; cuando va y viene frente a mí sin siquiera darme la hora. Quiero cogérmela mucho y bien duro, sí, como solo a ella puede gustarle, violentamente; arrojar su cuerpo contra la pared, sobre el escritorio, y hacerme con sus ganas, sus ruegos de que se la meta y le dé con toda mi bravura.

El otro día, a la hora del almuerzo, se lo he confesado a Julio, que se ha quedado mirándome, como sorprendido, como fuera de sí, espantado y horrorizado. Creo que en su silencio me ha dicho de todo, que me ha juzgado muy duramente, pero no me importa. Me ha gustado compartirlo con otro, describirle con detalles y sin omisión todas las guarradas de que mi mente perversa ha sido capaz de idear en el asalto.

Creo que la amo —bah, no sé si es amor—; creo que la deseo con desesperación, con locura, a lo psicópata. Me he visto, en ensoñaciones, tomándola por detrás y desgarrándole el culo a embestidas, y por sorpresa, en el baño del subsuelo donde pocos andan y solo de a ratos. Me he visto cubriendo con mi mano su boca y también asfixiándola, apretando con firmeza su garganta, mientras su coño chorreaba.

No sé en qué va a terminar todo esto, realmente no lo sé y creo que tampoco me importan las consecuencias. Quizás ahora entiendo la cara de julio del otro día. No sé, no puedo ni siquiera pensarlo. Mi verga se inflama, se hincha como un neumático, se pone dura como una piedra cada vez que pasa a mi lado y me sonríe picaronamente o me roza con sus manos mis manos o se lanza sobre mí, cuando estoy sentado a mi escritorio, y me deja ver más allá de su escote ese hermoso par de tetas que estrujaría más de una vez hasta hacerme con su leche.

Susúrrame entre las Piernas

Estoy loco, lo sé. Esta mujer me está dejando piel y hueso. Pienso en ella y me vienen unas irresistibles ganas de masturbarme, de hacer correr mi leche sobre los papeles, de seguir y seguir agitando mi verga hasta vaciarme por entero y quedar aniquilado y sometido a mi cansancio. Por las noches, despierto pensándola desnuda y sobre mí y, entonces, no puedo más y me clavo de una a dos pajas de continuo para volver a quedar dormido.

"Sufro la inmensa pena del extravío". Tengo que decírselo —lo he pensado muchas veces—; pero es que, cada vez que lo intento, me quedo mudo, sin palabras frente a ella. Encima ella lo ha notado y todo ha empeorado para mal. Más lo intuye, más juega conmigo. Me provoca, me excita con sus muecas; se lleva un dedo a la boca y lo pasea por entre sus dientes y labios cuando habla con otro frente a mí y luego se va, de espaldas a donde estoy, arreglándose las bragas por encima de las faldas y tocándose el culo lujuriosamente. (Quizás no lo hace con ese ánimo, no lo sé; pero a estas alturas poco me importa ya; no puedo acaso razonar siquiera).

Susúrrame entre las Piernas

Tras mucho titubeo, al fin me he animado y le he hablado; la he invitado a cenar esta noche en la ciudad y, para sorpresa mía, ella ha aceptado sin mediar con un tiempo de espera. (Ha sido como un triunfo, lo he vivido como tal.) Al fin estaré a solas con esta perra que me trae en malos pasos; por fin tendré mi oportunidad. Ahora sabrá que no puede hacer su santa voluntad sobre mí, mandándome de aquí para allá, abusando de mi buena predisposición, al servicio de nuestra empresa. ¡Ah, ya verá esta zorra! ¡Ya verá!

Después del cierre de las oficinas administrativas, la he llevado al más elegante restaurante del centro. No ha faltado la reserva de una mesa apartada del resto, a media luz y con velas rojas, un buen champán y todas las ínfulas de una bella cena romántica, hasta con violinista de fondo a nuestras charlas. Ha sido, merecidamente dicho, una hermosa velada. Durante la conversación no hemos tocado temas referentes al trabajo. Muy por el contrario, ella ha insistido en sacarme temas en los que yo me sienta relajado y diestro para explayarme, mientras en silencio me escuchaba y volvía a pronunciarse en esos gestos eróticos que tanto me enloquecen. Su mirada en mis labios mientras hablaba, y esa postura de su cuerpo, como agazapada y lista para lanzarse voraz sobre su presa, que me ha hecho recordar a su actitud dominante en el trabajo. Luego, y por primera vez, después de que me hube hablado todo, ha bostezado sutilmente para finalmente apurar de un sorbo la última copa.

— ¿Nos vamos?
— Sí, claro. Te llevo.

(Entonces nos hemos echado a reír por un instante y salimos del lugar).

Una vez a su puerta, he intentado tomar valor para estampar en sus labios un beso, pero nada, no he podido. Ella se ha dado cuenta, creo, de esta escena patética de mi parte y me ha invitado a tomar un café. Temblando, he aceptado el café y la he esperado en la sala, mientras la ansiedad me devoraba a cada segundo.

Pero, ¡vamos!, ¿qué ha sido de todos esos pensamientos perversos en que mi espíritu se viene revolcando desde hace meses?, ¿es que acaso, tanto me domina el espíritu de esta mujer?; ¡es que me miro y no me lo puedo creer! Ahora mismo verá de lo que soy capaz; ahora mismo voy, la tomo por asalto y la follo; voy y le arranco toda la ropa y la hago mía en la cocina, en el suelo o contra la pared, le meto con toda esta barra de nervios vivos, le desgarro el coño a placer y hago que se corra tantas veces que le sea imposible de olvidarlo; ahora mismo sabrá lo que es un hombre con todas las letras y en mayúsculas.

Ni bien he dado el primer paso, la sinergia misma de mi cuerpo me ha abandonado, dejándome paralizado frente a ella, que volvía de la cocina con dos tazas de café y completamente desnuda. Sí, me ha tomado de sorpresa y ha desbaratado todas mis inútiles estrategias. ¿Y ahora?, qué haré de aquí en más, en los próximos segundos. No puedo siquiera respirar ante su belleza. ¡Su divina piel! Un cuerpo escultural, de tetas perfectas con pezones pequeños como fresas; una cintura apretada de avispa y unas caderas de las cuáles difícilmente me caería; ¡un coño!, un coño que echaba luz sobre el universo desprovisto de belleza, sin un vello púbico y casi abierto por la humedad.

Del café no sé qué ha sido. Frente a mí, ahí, desnuda, el tiempo y el espacio se me han desdibujado. Solo sé que la he tomado entre mis brazos, estrechándola contra mí, dejándole sentir mi excitación, y le he comido los labios en un beso apasionado. Sé, además, que le ha gustado. Su cuerpo me ha correspondido en el abrazo y el beso, encendido, y he sentido, por vez primera, la voracidad de su ser a pleno.

Ahora sé que, muy fiel a su estilo, ha manipulado todo, en todo momento, y a sus anchas, queriéndose hacer sola con el botín. ¡Pues no! ¡Hasta aquí ha llegado esta zorra, ya verá! Días, semanas y meses comiéndome la cabeza por su indiferencia y su voz de mando, masturbándome a cada rato, en cualquier sitio, soñando aún despierto que la follaba, que la hacía mía. Ahora no se saldrá con la suya. Es MI momento. Son MIS CINCO MINUTOS DE GLORIA... y no le pienso ceder nada. Tomaré todo y devolveré nada. Tan así como lo siento...

Jinete

Katy Molina

"Los únicos inmortales de este mundo sin nombre son los latidos de nuestros corazones".

Susúrrame entre las Piernas

Alguna vez habéis tenido esa sensación de ahogo que no te deja respirar, que te falta el aire y todas tus ilusiones se desvanecen en un momento. Así me sentí el día que rompieron mi corazón en mil pedazos.

Hace un año, era el hombre más feliz del mundo. Tenía una mujer preciosa e inteligente a mi lado. Nos amábamos y respetábamos o eso era lo que creía pero la realidad era otra muy distinta. Fui un idiota, estuve ciego pero eso es lo que los poetas dicen; cuando estás enamorado mueres de amor y no ves más allá que el sentir de tu corazón. Morí de amor literalmente aquella noche de lluvia y truenos. El tiempo fue un presagio que no supe leer.

Llegué de un viaje de trabajo, había estado varios días fuera y quise sorprenderla adelantando mi llegada. Estaba empapado por la lluvia, pero tenía una sonrisa de loco enamorado por ver la cara de felicidad de mi chica cuando viera las locuras que era capaz de hacer por amor.

Sin hacer ruido metí la llave y entré sin encender las luces. De puntillas fui hasta el dormitorio pues era muy tarde y mi chica estaría durmiendo. Abrí la puerta de doble hoja cuando escuché unos gemidos. Fue como si un rayo me golpeara el pecho, no quería creer lo que mis oídos estaban escuchando. Un sudor frío bajó por mi espalda y negando lo evidente empujé la puerta de golpe. Mis peores temores se confirmaron, mi mujer, mi chica, estaba retozando felizmente con un hombre que no era yo. Desnudos, en mi cama, en las sábanas que tantas veces nos habíamos amado.

La tormenta tronó y mi ser se rompió en mil pedazos llevándose mis ganas de amar. Me sentí traicionado. En ese momento la odié y me entraron ganas de gritarle como un histérico despechado, quise pegarle una paliza al tipo que me había abierto los ojos irónicamente pero no hice nada. Solo la miré a los ojos, no hubo más palabras que el silencio pues no hizo falta.

Mi vida a partir de entonces fue una calamidad y dejé de creer en el amor. La estrella que guiaba mis pasos me había abandonado. No tenía más ganas de fingir y me quedé solo, vacío. Ya no me importaba nada, no creía en los cuentos de hadas. Mi alma se quebró de tantas mentiras. No quise conformarme más, me había quitado la venda de los ojos. Decidí empezar de cero y volverme un triste solitario. Un trovador que fuera de taberna en taberna cantado el dolor que sentía en lo más profundo de su corazón.

Así empezó mi nuevo camino, me convertí en un vagabundo de senderos sin buscar nada. Supe que esa herida jamás sanaría. Me gané el apodo de *"Jinete"*, un trotamundos que tocaba con la tristeza en la melodía. Recorrí Europa tocando mis canciones, fue la única manera de sentirme vivo.

Conocí mujeres hermosas y nunca pude quitarme el recuerdo de esa chica que me partió el alma. Fue mi pena y mi cruz durante mucho tiempo. Me llené de aromas a almizcles muy distintos, disfrutando del sexo pues no había amor ni promesas, solo el deseo más primitivo del hombre, el gozo.

Una noche de verano, llegué a una taberna italiana en plena Toscana. Apalabré un pequeño concierto con el dueño, debía seguir mi camino y no mirar atrás. Aquella noche canté mi dolor, embelesando al pequeño público que había ido al lugar a ahogar sus penas. La canción decía así:

Susúrrame entre las Piernas

"El trovador esperó a la muerte, tenía el alma destrozada.

Olvidó sentir y se volvió un jinete solitario. Las palabras fueron las lágrimas que no derramó.

Pobre jinete que cabalga herido de amor sin más anhelo que cantar su triste melodía.

El trovador esperó a la muerte, tenía el alma destrozada.

Las estrellas fueron su guía en el vacío de su vida, alumbrando la oscuridad del corazón que no late porque olvidó como enamorarse".

Cada vez que terminaba una canción veía la tormenta en los ojos de aquellos pobres diablos. Terminé con una reverencia y cogí mi guitarra para descansar bajo el firmamento de aquella ciudad.

La hija más joven del tabernero me esperaba junto a un gran árbol con la mirada excitada. Era una invitación en todo regla y pensaba aprovecharme. Sabía que no sentiría, que no volvería a enamorarme, pero me llevaría las sensaciones para no olvidar el cuerpo de una mujer.

Dejé la guitarra en el suelo y me arrodillé frente a su cuerpo. Le daría lo que deseaba pero nada más, no podía. Posé mis manos en sus tobillos y subí recorriendo la tersa piel de la joven. Acaricié sus muslos firmes hasta llegar al trasero redondo y blando. Acerqué la nariz a su triángulo, a su sexo, por encima de su falda. Moví la cabeza de un lado a otro y aspiré su juventud.

Me levanté y le quité el vestido por encima de la cabeza. Solo llevaba unas bragas blancas de algodón. Sus pechos todavía no se habían desarrollado lo suficiente, no tendría más de dieciséis años. Vi una mancha de excitación justo en la raja de su sexo. Posé mi mano y toqué, aquello era por mí. Su vagina me recibía llorando.

Retiré la braga a un lado y toqué su carne sonrosada y caliente. Los dedos se llenaron de néctar, olía tan bien que probé su esencia. La dulce e inocente joven gimió ante mi acto salvaje. Ella deseaba al loco trovador, al bohemio con pinta de canalla y se lo daría.

La enredé en mis caderas y apoyé su cuerpo contra el árbol. Besé aquellos labios gruesos que todavía no sabían a maldad. Bajé por su cuello hasta atrapar un pecho, eran suaves y jóvenes. Aquel acto era un pecado que me cobraría pues la vida me había hecho ser un tipo sin sentimientos.

Noté como su ropa interior estaba empapada, estaba más que lista y lubricada para acoger a un pene maduro. La tumbé en el suelo y se las quité. A ahorcajadas encima de la pequeña, estrujé sus bragas en mi boca para recoger su esencia. Varias gotas cayeron en mi lengua volviéndome loco de deseo.

Era una diosa, tenía la mirada sucia y las mejillas arreboladas. Su pecho subía y bajaba, me quería dentro de ella. Así que bajé la cremallera del pantalón y liberé la dura erección. No hizo falta que me los quitara del todo.

— No apartes la mirada de mí… —exclamé pues le iba a quitar su virginidad.

— Qué…

Le sujeté las manos por encima de la cabeza y empujé de un golpe brusco. La pequeña se quedó sin habla y dos lágrimas cayeron por su cara. La besé susurrando contra sus labios que no temiera, que el dolor pasaría. Y así fue. Tuve que ponerle las bragas como mordaza para que no hiciera ruido, gritaba como una perra en celo. Era normal, acababa de descubrir el sexo.

Mis caderas danzaron libres, buscando el gozo. La pequeña contraía la cara de placer, el orgasmo había hecho aparición en su cuerpo, la prueba los temblores descontrolados. Seguí entrando y saliendo pero no llevaba mi momento, demasiado vacio para eyacular.

Salí de su cuerpo y me tumbé a su lado con la erección alzada al cielo. Solo había una mano que podía remediarlo y era la mía. Me masturbé en solitario para descargar tensión. Ya no existía ninguna mujer que pudiera hacerme gozar con sus encantos, jamás volvería a derramarme en el cuerpo de una. Ese era mi castigo, me había olvidado de sentir.

Emprendí mi viaje en la madrugada, lejos de Italia, de aquella taberna y de la pequeña rebelde con ganas de experimentar. Mis pasos me guiaron a Francia, a la ciudad del amor y la belleza. ¿Podría aquella ciudad devolverme el corazón? Demasiado roto para reparar sentimientos.

Pasé por el gran *Moulin Rouge* de París. Una señorita con pinta de prostituta fumaba un pitillo en la puerta trasera del edificio.

Al pasar, me guiñó un ojo y me tiró un beso. Mis pasos se detuvieron pues no tenía donde cobijarme aquella noche y pensé en enamorarla para poder tocar mis angustiosas palabras en aquel gran teatro. No era de ser un caballero lo que iba hacer pero la vida me había enseñado a ser un canalla para conseguir un objetivo.

Sonreí de medio lado y me quité el sombrero de gánster para saludarla. La señorita se atusó el corsé ante mis atenciones y bravo, caminé hacia ella. A su altura, le robé la mirada y me guardé su alma en el silencio de los deseos y la lujuria. Le quité el cigarrillo y le di una calada para después echarle el humo en la cara. En la jerga callejera ese acto significa que estás interesado en mantener relaciones íntimas.

— Me llamo Sofí…—se presentó babeando por mi barba de tres días y mi olor a hombre de tres noches.

— ¿Compartirías cama con un pobre diablo?

Observé como apretaba las piernas, aguantando el deseo el cual palpitaba por ofrecerse. Le levanté el mentón y besé aquellos hermosos labios que tan bien sabían hablar de vulgaridades sexuales.

Susúrrame entre las Piernas

Gustosa me llevó a su habitación, era pequeña: con un lecho, un pequeño baño y una sala de estar muy pequeña. Ahora me tocaba subirle las faldas como antiguamente en un burdel y empujar sin más, sin caricias, ni promesas, ni palabras hermosas… solo hundirme y salir, así sucesivamente.

La tumbé en la cama y le quité el vestido. La dejé con el corsé y le arranqué las bragas. Separé sus piernas por las rodillas dobladas y como un delicioso manjar a marisco inundé mis fosas nasales. No era el mejor olor a limpio, pero tampoco el más desagradable. Su aroma era a puta, a coño maduro. Me gustan las mujeres rodadas, con experiencias. Agaché la cabeza hasta sus labios vaginales y lamí sus jugos. Acto seguido mi pene creció excitado. Solo tenía que conectarme a su vagina y tendría sexo gratis.

Me deslicé en su cavidad resbaladiza y moví las caderas golpe a golpe. Rozando los testículos en su ano. Tenía unos pechos hermosos, con las aureolas grandes y morenas, eran preciosas. Metí la cabeza entre aquellos dos senos y seguí en la búsqueda de mi orgasmo pero como la última vez, no podía culminar con una mujer. Solo la soledad de mi mano hacía el milagro.

Sofí tembló bajo mi cuerpo, estremeciéndose de placer y deseo. Cuando quedó lacia, me salí con el miembro duro y con las venas hinchadas.

— ¿Qué sucede? No te gusta lo que ves— preguntó preocupada por sus artes amatorias.

— Soy un alma rota, y la gente como yo no puede disfrutar del sexo… solo una simple paja me hará volar pero nunca más una mujer…—estaba abatido y todavía me costaba admitir mi destino.

— Tengo la solución. Me tocaré frente a ti y tú acariciarás tu polla sin quitarme ojo, al menos disfrutarás de una masturbación conjunta.

Me gustó la idea y tenía ganas de ponerla en práctica. Sofí se sentó en un sofá orejero de color verde y yo estaba al filo de la cama agarrándome el pene. El espectáculo empezó. Se acarició el sexo y se pellizcó los pezones, sus gemidos encendieron la chispa y lo demás fue fácil de acabar. Acaricié mi verga disfrutando de los placeres que me ofrecía y en su compañía, aunque tocándome yo solo, pude culminar en un fabuloso orgasmo.

Susúrrame entre las Piernas

Descansé aquel día abrazado a una dulce mujer que olía a sexo internacional pero no me importó pues mi corazón seguía sin sentir. Mi largo viaje continuaba sin rumbo fijo, sin ganas de nada solo de cantar mi pena en tugurios clandestinos.

Al anochecer, cogí mi guitarra y seguí mi camino a ninguna parte. Una vez en el callejón, me encendí un cigarrillo antes de partir. Subí las solapas de la chaqueta para guarecerme del frío y me puse en marcha, pero justo en ese momento Sofí salió a despedirse.

— Oye, Jinete, me das fuego— se apoyó en la pared de ladrillo del edificio mirándome con descaro.

— Tu cuerpo desprende fuego, no lo necesitas—abrí el *zippo* y le di fuego—ha sido un placer, que la vida te sonría.

— Dame tu mano—me cogió la palma y le dio la vuelta. Me quedé perplejo—lo que buscas lo encontrarás.

— No busco nada, lo perdí hace mucho tiempo—no me gustaban esos tipos de juegos estúpidos.

— Mi abuela leía la mano, mi madre también y yo soy como ellas, herencia familiar—le dio una larga calada al cigarro y me

311

lo echó en la cara—puedes creer o no, pero las líneas de tu mano lo dicen claramente, sufrirás por amor para encontrar al de verdad. Suerte Jinete.

Me dejó callado y pensativo, me marché de aquel lugar sin creer ni una palabra de aquella gitana de pasiones universales. Las calles de París estaban solitarias y eso me relajaba, solo tenía que buscar alguna taberna de mala muerte para tocar mi triste canción. Llegué a una muy especial, se llamaba "Lobo de Mar". Entré con cautela y vi a una mujer madura con un parche pirata tapando uno de sus ojos zafiros, era hermosa, una belleza natural.

Me fijé que tenía un pequeño escenario de madera con un micrófono, había encontrado un sitio donde tocar mi música. Fui a la barra y pedí un vaso de whisky, lo tomé de un trago para refrescar mis cuerdas vocales. Aquella mujer se acercó con un movimiento de caderas muy sensual.

— Buenas noches, caballero. Veo que tiene una guitarra, ¿ es músico?—preguntó curiosa, sonreí para camelarme su favor.

— Toco, escribo y canto.

Susúrrame entre las Piernas

— Hoy no tengo trovador que me deleite con bellas canciones, sería usted tan amable de subir al escenario. Le pagaré.

— Tocaré a cambio de dinero, cobijo y un plato caliente. Me acabo de dar cuenta que esto es una posada —miré a alrededor, necesitaba descansar durante una larga noche.

— Trato hecho, le pago una noche a cambio de dos noches de trabajo con habitación incluida y comida—me ofreció la mano y se la estreché. Me venía bien descansar un poco.

No había mucha gente, solo algún solitario y algunas parejas acarameladas. Afiné a mi amiga inconfesable y comencé a expresar mis sentimientos.

"No dejes llorar a mi adormecida alma,

ayúdala a volar, a reír y enséñale a amar…

La vida fue un difícil caminar que marchitó

a mis emociones, destrozando sus ilusiones

en una caricia muda…

No dejes llorar a mi adormecida alma,

Susúrrame entre las Piernas

desanúdame este sentir amargo y bésame

hasta hacerme olvidar..."

Siempre con esa misma sensación en el pecho cada vez que terminaba de cantar mi triste historia. Bajé del escenario y fui a por una copa de whisky barato, necesitaba un trago y un cigarrillo. La tabernera me hizo compañía bebiendo, dijo que alguien que canta desde el alma con tanto sentimiento no hay que dejarlo llorar solo. No lloraba, pero mi corazón derramaba lágrimas negras desde hacía mucho tiempo.

Tuvimos una conversación distendida y unas cuantas sonrisas se colaron sin pretenderlo. Aquella mujer me producía curiosidad, era una guerrera con parche pirata, pero sin pata de palo, con más historias a su espalda que la mía propia. Me gustaba su compañía, era inteligente y sabia. Nos liamos con la botella hasta acabarla, ya de madrugada me acompañó a la habitación. Estaba borracho para que negarlo, pero con deseo de poseerla, de conquistar ese viejo navío. La arrastré dentro del dormitorio y me tumbé en la cama junto a ella. Una de mis manos voló por debajo de la falda acariciando su muslo, me di cuenta que no tenía ropa interior. Sonreí con mi mejor sonrisa canalla y ella no se quedó atrás. Recuerdo que me dijo su nombre pero el alcohol lo borró de mi mente, así que decidí llamarla "la pirata".

Aquella noche estaba dispuesto a correrme en su vagina y llenarla de mi esencia con sabor a whisky. Envalentonado cogí una botella de ron que había en la cómoda, alguien la había olvidado puesto que estaba medio vacía.

— Hoy me darás de beber por tu boca que tienes entre las piernas—vertí la botella mojando su sexo, empapando su carne lubricada.

El olor de su almizcle se mezcló con el alcohol y creé sin ser consciente la bebida de los dioses. Saqué la lengua y chupé desde el orificio de orinar hasta su clítoris, lamí una y otra vez hasta dejarlo seco. Mi pirata tenía la mirada anegada en lágrimas por el clímax, se había corrido en mi boca y deseaba más. La cabeza de mi miembro lucía por encima de la cinturilla del pantalón hambriento de contacto. Le di la vuelta y la puse a cuatro patas, tenía un ano pequeño y manchado de fluidos vaginales de tanto llorar de gozo. Le di un trago al ron dejando el contenido en la boca y escupí en su trasero, acerqué la cabeza de mi placer y con sigilo me hundí en su culo redondo y terso. Casi me desmayo al sentir explotar todas mis terminaciones nerviosas. La embestí con todas mis ganas, azotando su trasero, poniéndome violento en el sexo. La agarré del cuello, estrechándola contra mi pecho, y empujé mis caderas con fuerza. Sentí el orgasmo venir pero se detuvo en mi vientre rompiendo las ganas que tenía de vaciarme por completo. Una vez más pasó, estaba roto y no pude correrme en el interior de una mujer. Ella tembló dejándose llevar por el clímax.

Salí de su interior con el pene tieso y desatando mi rabia, caminé empalmado hasta posarme de rodillas ante la venta de la habitación, abrí los brazos en cruz y dejé que la luz de la luna iluminara mi cuerpo. De pronto, ese cosquilleo que se detuvo se activó como la corriente de un rio, el semen salió disparado manchando el suelo y caí exhausto. Ladeé la cara y aquella mujer me observaba, no con pena sino como una hechicera. Bajó de la cama y se tumbó a mi lado.

— Te han roto el alma, lo he visto antes—exclamó mirando al techo.

— ¿La recuperó?—pregunté esperanzado.

— No, murió de amargura y pena porque así lo quiso. No pudo olvidar. Aun sigue respirando y navegando con la mirada de un solo ojo…

Me di cuenta que estaba hablando de sí misma, no supe que decir porque me sentía igual. Simplemente le toqué la mano, sería un canalla pero sobre todo soy persona. Solo el amor se me perdió pero no la comprensión. Al rato siguió hablando hasta el punto que sentí su dolor.

— Perdí el ojo intentando quitarme la vida por amor, fue un accidente de coche premeditado. Aquella noche morí, y la muerte se llevó mi alma… desde entonces vivo en una tormenta de sentimientos y soy incapaz de amar, ya no hay luz por la que ilusionarme y luchar. Solo placer pasajero, mi vida consiste en ser una mujer muda de sensaciones.

— Pues entonces empápate de estos momentos irrepetibles—la estreché contra mi pecho, quería que se diera una oportunidad ya que para mi no cabía esa posibilidad.

Estuvimos así unos minutos, después se marchó dejándome solo en mi soledad. Me acosté aquella noche con muchos sentimientos encontrados, soñé que una bella mujer me regalaba el latido de un nuevo corazón sin dueño, uno para empezar de cero y olvidar mi triste historia.

El día de mi partida le regalé a Pirata una canción escrita de mi puño y letra. Deseaba hacerla sentir con mis palabras. La encontré en la barra como cada mañana de esos dos días que me hospedé, le regalé una sonrisa sincera y le entregué el papel doblado por la mitad.

— ¿Qué es?

— Un regalo para mi amiga, lee.

Me miró sin entender y un poco nerviosa, no estaba acostumbrada a recibir ninguna clase de atención más que las embestidas en la cama. Leyó la primera línea y río con lágrimas en los ojos. La canción para Pirata decía así:

"No pierdas la ilusión, deja que tus labios callados

vuelvan a besar.

Despierta embravecida como las olas de tus enredados

sentimientos.

Pirata, reina de tu sentir, flor de vida,

318

brilla hasta obtener la alegría de tu corazón.

No te des por vencida y suspira por amor, pasión y locura

desmedida hasta conectar una vez más con tu alma.

No le des la espalda a esas miradas que atrapan gozos

y prometen verdades sin miedos"

Se llevó la hoja al pecho y tembló a la misma vez que reía y lloraba. Decidí llevarme su dolor y cargarlo a mi espalda, si alguno de los dos debía tener una segunda oportunidad, sería ella. Jamás pude olvidar ese ojo zafiro que me marcó para bien en mi largo caminar.

Seguí mis pasos a España, siempre había querido viajar a esa tierra de calor y llena de historia. Esperaba empaparme de su arte y poder tocar mis humildes canciones en cada taberna de todas las ciudades. Después de meses recorriendo lugares emblemáticos mi camino tuvo más rodaje que la historia de una catedral.

Llegué a la gran ciudad de Barcelona, una urbe con mucha vida nocturna. Me fascinó su barrio gótico y los tugurios clandestinos que llevaban en pie desde el 1800, estaba encantado y emocionado. Una tarde, llegué a un sitio muy turístico que se llamaba *"El Bosc de les Fades"*, el bosque de las hadas. Era un lugar mágico pero que por la noche dejaba de ser una taberna turística para sumergirse en un rincón de pasiones, charlas y buena música. Quise ser parte de aquel lugar, por ello me atreví a hablar con el dueño y pedirle una actuación. Al principio se negó, pero cuando le dije que lo haría totalmente gratis sonrió de oreja a oreja. Aquella noche sería un duende sin alma, todo estaba preparado y toqué cautivando a los clientes.

"No hay palabras ni tiempo para el corazón marchito de un trovador sin alma.

Solo puedo soñar con que me abrasen la piel bajo la caricia de una dama de pasiones desatadas.

Tengo ganas de que me vuelvan a amar, de que mis olvidos regresen como una tormenta de verano y que me devuelvan el oxígeno para volver a respirar.

No hay palabras ni tiempo para un alma sin vida, para un hombre que perdió el sentir de su corazón"

Terminé de cantar y alcé la mirada al público, que mudo se había quedado con brillo en la mirada, les había robado el alma y en ese momento se había ido a otro lugar, a uno que solo ellos sabían, pues estaban en el cuento de sus corazones. Sonreí satisfecho, cuando me levanté vi algo que me sobresaltó a punto del infarto. Eran los ojos caramelos más hermosos que jamás hubiese visto, me quedé mudo, sin aliento. Parpadeé nervioso porque había sentido un latido en el corazón y no pude evitar acordarme de la gitana, de Sofí y su lectura de mano. Cuando me quise dar cuenta, se había marchado y entonces entendí que eran anhelos, deseos y nunca había existido esa sirena. Me lo había imaginado, entendí que en el fondo de mi corazón necesitaba creer cada palabra de Sofí y soñaba con que algún día apareciera esa mujer que me hiciera temblar de arriba y abajo.

Pero el desconcierto llegó de madrugada, dormía plácidamente en la habitación de un hostal de mala muerte y con las ventanas abiertas de par en par para que entrara el fresquito de la calle. Fue el mejor sueño que jamás había tenido, la mujer de ojos caramelo entraba por la ventana como un ángel con sus grandes alas blancas. No podía moverme ni hablar, estaba perdido a su merced. Desnuda y con brillo en el sexo, resbalaba por mi duro tronco, sentí una electricidad intensa en mi vientre hasta el punto de hacerme llorar por el gozo. Movió sus caderas en círculos y subió y bajó por el ancho y largo de mi miembro. Un cosquilleo extraño subió por mis piernas hasta desembocar en un orgasmo, recuerdo reír histérico mientras me derramaba dentro de su cuerpo.

De pronto, abrí los ojos y me senté de golpe encima de la cama, miré mi pene y lo vi escupir semen. Me había corrido en el interior de una mujer, sabía que había sido en sueños pero para mi fue muy real y con eso, de momento, me bastaba.

Mi gran viaje continuó y abandoné el norte para viajar al sur, siempre me gustó el sur de los grandes países. Era la primera vez que visitaría Andalucía y sus placeres, decían que las mujeres eran hembras de pura raza que te enamoraban con solo una sonrisa inocente. Me había quedado sin dinero, así que me tocó hacer dedo hasta que un alma caritativa se dignara a detener el coche y acogerme en su largo viaje. Caminé kilómetros, los pies se resentían un poco y el sueño me estaba venciendo, pero vi que alguien me echaba las luces de un camión.

Susúrrame entre las Piernas

Una mujer joven, entrada en carnes, bajó del vehículo y se ofreció a llevarme a mi destino. Subí impaciente a la cabina para sentarme, estaba agotado. Ella hizo lo mismo y arrancó internándose de nuevo en la carretera.

— ¿A dónde vas?—preguntó sin apartar la mirada de la carretera.

— A ninguna parte, voy de pueblo en pueblo tocando la guitarra.

— Un busca vidas, interesante. Pues yo voy a Granada a llevar mercancía.

— Será un destino perfecto para visitar.

Estuvimos hablando de su trabajo tan duro y ya de muy madrugada paró en una zona de servicio para descansar. Compartimos litera en la cabina y dormimos juntos. Cuando estaba a punto de dejarme vencer por Morfeo mi compañera de viaje habló sin tapujos.

— Jinete, ya sé cómo puedes pagarme el trayecto.

— Carmen, no tengo dinero—me preocupé sin necesidad al escuchar su cobro.

— No quiero dinero, quiero un orgasmo, hace tres semanas que no tengo contacto con un hombre y lo necesito.

Sonreí porque lo que me pedía solo podía ofrecérselo a medias, por eso decidí que disfrutara ella sola. Le rompí las bragas en un acto salvaje y le abrí los muslos, segregué saliva y escupí en su carne hinchada. Pasé la palma de la mano para restregarla por todo su sexo y así lubricarla, con la boca atrapé uno de sus enormes pezones y chupé. Le metí dos dedos mientras que con el pulgar masajeaba su clítoris. La tenía loca y gimiendo, quise freírle la mente a orgasmos; por eso sujeté sus muslos con mis brazos y bajé la cabeza hasta rozar mis labios con los suyos. Jugué con su carne ardiente y la masturbé metiéndole la lengua dentro de su sexo. La oí gritar y temblar, noté el sabor de su orgasmo en mi paladar, eso me excitó y mi miembro creció extasiado por la esencia de una mujer. Me bajé la cremallera del pantalón y me masturbé delante de ella hasta derramar mi semilla en su pecho y torso.

— Gracias—dijo medio adormilada.

Susúrrame entre las Piernas

Al día siguiente llegamos a Granada y me dejó cerca del casco histórico, me despedí de Carmen tirándole un beso al aire y seguí mi camino. Mi vida consistía en encontrar un tugurio, tocar, dormir y disfrutar de los placeres sin ataduras. Ese día decidí hacer turismo en tan bella ciudad y recorrer sus calles empapándome de su historia. Esperaba que me inspirara para componer canciones, vaya si lo hizo. Me puse a improvisar en sus calles, tocando mi dolor y conseguí dinero suficiente para darme un homenaje desayunando.

Entré en una cafetería y tomé tostadas de zurrapa con café, me supo a gloria y mi estómago lo agradeció. Fui a pagar a la barra y vi que tenían el cartel de una cantante que tocaba dentro de tres días por la noche en los jardines de la Alhambra, se llamaba Lola Morente. Mi corazón cobró vida al darme cuenta que era la misma mirada que había visto en mi imaginación en el bosque de las hadas, me sentía confuso y me pregunté si aquellos ojos que vi color caramelo podrían existir y no había sido producto de mi cabeza.

— Disculpe, señorita—llamé a la camarera—¿quién es la mujer del cartel?—pregunté con ansiedad por saber.

— Lola Morente, una cantante de flamenco, le llaman "el alma de Andalucía", tiene duende en las cuerdas vocales.

Pagué y fui a buscar trabajo en las tabernas de los alrededores, necesitaba dinero para comprar una entrada para el concierto y poder ver con mis propios ojos a esa sirena. Anduve recorriendo cada rincón de la ciudad hasta que di con un lugar que se hacían conciertos en directo cada noche, hablé con el propietario y llegamos a un acuerdo. No pagaba mucho pero lo suficiente para comprar una entrada para ver a Lola Morente. Me sentía emocionado y esperanzado porque existía. Ella era la guía de mi luz, la cual la había buscado hasta en los albores del alba.

Esa noche mis letras cambiaron en un sentir distinto, mis canciones fueron de un amor desde el corazón, sin dolor. Me sentí con ganas e ilusión, pensé que no todas las relaciones tenían que ser tormentas y que había muchos claros ahí fuera. Empecé a tocar con una sonrisa en la cara, cautivando a más de una mujer de la sala.

"Préstame los versos del amor, hasta hacerme sentir sin compasión.

Susúrrame entre las Piernas

Abre mis ojos en una dulce cantinela y recita cada uno de mis sentimientos.

Ámame cerca de mis labios y besa cada latido hasta llenarme a besos mi corazón vacío.

Préstame los versos del amor y dame alas para olvidar las penas,

dame esa calma que tanto necesito y mi vida volverá a amar".

Me gané el favor del público y fue la primera vez que se levantaron para aplaudir, fui un poquito más feliz. La música siempre fue mi terapia para no olvidar vivir. Bajé del escenario y más de una mujer quiso hacerse una foto conmigo como si fuera un cantante de rock. Tenía el pecho hinchado de gozo y me dirigí a la barra con la cabeza bien alta, pero al llegar y empezar a beber solo me di cuenta que esa no era la clase de felicidad que buscaba, yo deseaba el amor de una mujer que no me traicionara, que solo tuviera ojos para mi.

Harto de tanta atención sin sentido, me marché y con mi única amiga, la soledad, recorrí las calles hasta llegar a una iglesia. Entré, estaba abierta a tan altas horas de la madrugada, me sorprendió. El templo estaba vacío, salvo por la presencia de una mujer sentada en una de los bancos. Me llamó la atención, su cara expresaba tanta tristeza como mi corazón. Me senté a su lado y me saludó con un gesto de cabeza tímido, observé cómo sus ojos recorrían mi cuerpo con lujuria, era algo insólito pues estábamos en la casa de Dios.

— ¿Se encuentra bien?—pues no sabía que otra cosa preguntar.

— Me quité la venda y vi que mi vida estaba llena de mentiras, hoy estoy aquí y mañana no sé lo que haré. Es triste ver que una no se entera hasta que lo ve con sus propios ojos, él nunca me amó y dejé de creer en los cuentos de hadas.

— Entiendo, más de lo que piensas. ¿Qué deseas?

— Ahora mismo a ti, necesito someterme y que me hagan temblar de placer, necesito borrar de mi cuerpo los amargos sabores y sentirme libre. Pensarás que estoy loca…

— No, esta es la triste melodía que muchos sufrimos por amor. Soy un trovador, llamado Jinete y mi cometido en la vida es montar a la yegua que solo necesita amor.

Le daría lo que había ido allí a rezar, le daría ese pasaje para romper las cadenas de su vida, le daría esperanza y libertad, le daría un destino nuevo. En la madrugada los silencios se vuelven salvajes y los deseos realidades; en el templo, le despertaría a aquella mujer millones de sensaciones.

Creamos una única religión, la del pecado carnal. La guíe cual mesías en un sendero lleno de placeres, esa noche sería su señor y ella se entregaría por voluntad propia. La llevé a la sacristía y le ordené que se pusiera de rodillas, rezaría en silencio evocando sus deseos más infernales.

Bajé la cremallera de mi pantalón y saqué mi dura y tersa verga, acaricié su cara con la suavidad de mi glande. Ella esperaba expectante, ansiosa por descubrir, su respiración estaba agitada y su sexo empezaba a lubricarse, pues el olor se esparcía por toda la habitación.

Le golpee con el miembro en los labios, sacó la lengua para recibir la hostia sagrada que en este caso no era otra que el libertinaje. Chupó con timidez cerrando los ojos, se excitó, sus pezones despuntaban tiesos bajo la blusa recatada. Por unos segundos la llevé al Nirvana, me arrodillé a su altura y cogí su cara entre mis fuertes manos, quería que supiera lo que era que te besaran con pasión, junte mis labios con los suyos y la besé rudo hasta robarle el aliento. Le desabroché la blusa y le subí la falda, la braga de algodón blanca estaba manchada de su excitación. Toqué por encima de la tela y me llevé la mano a la nariz, era un aroma que hipnotizaba. Esa noche me redimiría con ella por mis pecados canallas, pues mis pensamientos estaban puestos en una mujer llamada Lola Morente.

La ayudé a levantarse y la coloqué sobre el escritorio, le separé las piernas y con una regla que había le azoté el trasero, "zas", "zas" hasta ponerle los glúteos color carmín. Me arrodillé detrás, le abrí los cachetes y le comí su deseo, tragándome cada orgasmo que sufría. Era pura gelatina entre mis brazos, me hundí desde atrás y la agarré del cuello para sujetarla. La empotré contra la pared, contra la imagen de una bendita monja y me la follé desatando todo mi infierno. Ella gritó, suplicando más placer, más locura… me llevó al límite pero como en todas las ocasiones no pude correrme en su interior. Saqué mi miembro de su cuerpo y escupí mi semen directo a la imagen de la monja, llenado el cuadro con mi depravación.

La mujer, sacó la lengua, tenía una mirada muy distinta a la que había encontrado en el banquillo de la iglesia, era otra persona. Recogió el semen del cuadro, chupando cada mancha de mi esencia y se la tragó. La única testigo de nuestra lujuria había sido la santa del cuadro, que nos guardaría el secreto desde el más allá.

— Gracias, Jinete, gracias por regalarme el billete a la libertad.

Se marchó sin más, dejándome solo con mi soledad. Miré mi pene que todavía seguía erecto, limpié su boca con un pañuelo y lo guardé. Esa había sido la última vez que exploraba una vagina, no habría más hasta conseguir el corazón de Lola Morente.

Llegó el día esperado, llevaba dos horas en la cola para ser uno de los primeros y poder ponerme al lado del escenario, quería empaparme de su mirada embrujada y sentir cada palabra de su arte. No me costó, porque el aforo era limitado y no había tanta gente. Me coloqué a un extremo y esperé paciente a que mi sirena saliera, necesitaba verla y ver con mis propios ojos que era real y no un sueño.

El crepúsculo bañó la Alhambra anunciando la noche, el velo nocturno creó el ambiente y de pronto una dulce voz salió a saludar a Granada. En ese momento, mi corazón cobró vida, los latidos acompasaron el sonido de una guitarra y por un instante sentí que mi alma regresaba como agua de mayo. Lola Morente salió con un vestido de flamenca ajustado al cuerpo, cada lunar del traje era una historia contada de su carrera de artista y cuando empezó a cantar… me embelesó, supe que aquella mujer debía ser mía. Estaba destinado a encontrar el amor tal cual dijo Sofí. Sus letras me hicieron sentir como nunca en la vida, me sentía vivo y con ganas de empezar de cero.

"Cuantas veces perdí mis sueños en un torbellino de sentimientos,

cuantas veces lloré al cantar un te quiero,

cuantas veces me quedé sin ganas de amar.

Quiero vivir, abrir mis alas al viento, y levantar mis ilusiones

para olvidar mi dolor.

Romperé mi voz en un cuento que yo misma escribiré para no olvidar al amor.

Cuantas veces me quedé sola cosiendo una y otra vez mi triste corazón lleno de dolor."

El concierto acabó y una fugaz sonrisa me dedicó, o eso creí en el fuero de mis ganas. La gente se levantó a aplaudir, yo quería cambiar las letras de mis canciones por un beso de sus labios. El griterío y el tropel por abandonar el aforo me detuvo unos segundos en aquel bullicio. Al cabo de unos diez minutos pude salir y corrí hasta llegar detrás del escenario, pero ya no estaba. Se había ido y no tenía ni idea a donde ir a buscarla, igualmente pensé que sería un error, pensaría que era un fan loco y no entendería mis razones.

Estaba a punto de tirar la toalla cuando un chico, me llamó "Jinete". Me giré extrañado y lo miré desconcertado, se acercó y me entregó una cajita y un sobre cerrado. Me dejó solo con mis pensamientos y la abrí impaciente por saber que secretos guardaba. El corazón se me aceleró al ver una braga de encaje negro guardada con mucho cuidado, lo cerré a la carrera y me fui al hostal donde me hospedaba. Nada más llegar, volví abrirla y ahí fue cuando morí de amor, acerqué la prenda a mi nariz y aspiré impregnando mis pulmones con su olor. Era un aroma delicioso, tanto que no resistí chupar la bajera. Me excité al momento, mi miembro lucía terso y excitado. Desnudo sobre la cama me las metí en la boca y me masturbé acariciando mis testículos hasta que me corrí pensando en ella. Mi pecho subía y bajaba extasiado, pero de pronto me acordé del sobre, no había mirado su contenido.

Lo abrí y vi que era una nota con una escueta frase *"Susúrrame entre las piernas, Jinete"*. Conocía mi nombre artístico y eso solo podía significar que el día que toqué en el bosque de las hadas ella era parte del público. Debajo de la nota ponía una dirección, era un restaurante que se llamaba *"Vientos del Sur"* y había escrita una hora, las 22h p.m. del Sábado. Eso era al día siguiente, me obligué a dormir para estar fresco y poder disfrutar de su compañía.

Me encontraba frente a la puerta del restaurante, faltaban cinco minutos para la cita, iba a ser un todo o nada. Llevaba en el bolsillo de la americana su lencería, se había convertido en mi amuleto de la buena suerte. Respiré hondo y entré con el corazón a mil. El camarero me acompañó a una sala aparte, era un salón con tan solo una mesa preparada para dos comensales. Me senté a la espera de su presencia, estaba muy impaciente y de pronto tal cual sirena aparece con un vestido de seda plateado ajustado al cuerpo. Nuestras miradas se encontraron en una canción llena de silencios y sentimientos. Me levanté como un caballero para recibirla, mis nervios me pudieron y apenas fui capaz de juntar dos palabras.

— Buenas noches, Lola. Es un honor poder conocerte, al fin—enfaticé en la última frase para que se diera cuenta que yo la recordaba como ella a mí.

— El placer fue mío, al verte tocar en Barcelona. Tus letras me llegaron al alma—exclamó tan cerca de mi boca que pensé que me desmayaría.—En ellas hablabas de un desamor y de tu dolor, vi la tristeza en esos ojos marrones que suplican una oportunidad.

— Hasta que no te vi aquel día, jamás pensé que pudiera volver a sentir por una mujer… tú me has dado esperanzas—confesé, necesitaba contarle, que supiera acerca de mis sentimientos.

— Hay amores desdichados, amores tormentosos, pero también los hay para siempre. Escribamos un cuento, uno romántico donde tú y yo seremos los protagonistas, sin prisas, solo con las alas al viento y disfrutando del uno del otro, hasta que el amor se acabe, hasta que la muerte nos separe…

— ¿Se puede uno enamorar sin más? ¿Sin conocer a la persona? ¿Sin haber compartido una amistad?—mi pregunta era clara, tenía miedo a que ella no pudiera devolverme el alma.

— El tiempo no es conocedor del amor, solo los instantes mágicos. Te conocí por una canción y desde entonces he soñado día tras día con conocerte cara a cara. Era una loca enamorada de la nada, hasta que te vi ayer en el concierto y supe que eras para mi, supe que el destino es caprichoso y supe que tu alma me pertenecía.

Rodeé la mesa y la alcé entre mis brazos, quería besarla y así lo hice. Fue nuestro primer contacto y no el último, sentí como mi alma regresaba con mucha luz a mi cuerpo y la tristeza pasó al olvido, en ese momento solo tuve ganas de ella. Quería hacerla mía.

— Sí, te susurraré entre las piernas—contesté a su nota—ahora y siempre, prefieres encima de la mesa o en un lugar íntimo.—sonrió de manera que me cautivó un poco más.

— Ven a mi casa, y allí podrás susurrar todo lo que quieras…

Susúrrame entre las Piernas

Era nuestro amor, nuestro momento, solo quería tener su aroma entre mis brazos, rozar su boca contra mis labios, y soñar que tengo la necesidad de ser su aliento. Nunca le di más vueltas, solo descubrí lo bonito que es amar sin miedo.

Volví a ser yo mismo, siempre fui un Jinete sin rumbo, hasta que Lola me hizo olvidarme de toda mi amargura y quise tener un lugar propio para tener una segunda parte, otra oportunidad. Mi corazón, dejaría de derramar lágrimas no merecidas. Si todavía me queda una razón, sería mi corazón hambriento pues tengo una vida entera para amar.

— Pasa adentro—miré el lumbral con indecisión, si lo cruzaba sería la prueba final. Sentirme completo en el cuerpo de una mujer, tenía miedo de que no fuera ella e incluso estaría dispuesto a sacrificar mi felicidad por estar a su lado.—¡Jinete!—estiró el brazo para que le cogiera la mano y lo hice, pasé adentro. No había marcha atrás.

Nos miramos en el recibidor, vi deseo en el color de sus ojos, de sus mejillas y de su boca. Me perdí en su cuello y me ahogué en su escote. Solo tenía ganas de amarla y enseñarle los placeres de este Jinete solitario. No tardé.

La cogí en brazos y la llevé hasta la mesa del comedor, la senté y le quité el vestido por encima de la cabeza. La dejé desnuda y me empapé de cada uno de sus lunares, unos muy especiales que formaban constelaciones de placeres poéticos. La tumbé y le abrí las piernas, su sexo era hermoso y pequeño. Le desanudé el corsé de sus labios con mis palabras.

— Susúrrame entre las piernas…—pidió con la mirada brillante.

Acerqué mis labios a un palmo de los suyos y aspiré su aroma a almizcle, me volvió loco, loco de remate, me quitó los clavos del pecho y abrió mis alas. Lo hice, le canté susurrando en su sonrisa vertical.

"Te cuento un secreto, con la lengua, a besos, con la mano… mi único latido es el sentir de tu sexo en mi boca.

Te cuento un secreto de mi boca contra tu boca, quiero beberme cada gemido de tu corazón.

Te cuento un secreto, te daré todos mis te quieros envueltos en una hoja de papel sin escribir… prefiero decírtelo cada mañana para que te enamores de este Jinete hasta el cuello"

Susúrrame entre las Piernas

A continuación, le di un beso con todas mis ganas en toda su carne hinchada. Se arqueó bajo mi caricia muda, y yo me excité rompiendo mi silencio. Fue la primera vez que gemí, grité y hablé versando cada embestida. Fuimos uno.

Enredé sus piernas a mis caderas y me senté en una silla con ella encima, junto a la ventana, con la luz de la luna que bañaba nuestros cuerpos. La agarré con fuerza por los glúteos y la guié en el viaje, nuestros labios sellaron la unión de dos almas solitarias, ahora amadas. Su cuerpo era pura poesía erótica, sus curvas ondulaciones prohibidas y su cara de un ángel caído.

Movió las caderas como una reina mora, mi pene estaba prieto en su interior, resbalando en su néctar y buscando el placer. Me miró excitada, a punto de vaciarse, había llegado la gran verdad. Apoyé la cabeza en su pecho y la abracé por la cintura, la ayudé a subir y a bajar por mi carne. Sentí la llamada del orgasmo justo en el momento que Lola tembló entre mis brazos y… culminé. Me vacié dentro del cuerpo de una mujer, ya no había dudas, ella era mi alma.

La tumbé en el cuelo y le abrí los labios vaginales, quería ver mi esencia bañar su sexo. Ahí estaba mi semen, resbalando por su entrada. Sonreí satisfecho y la lamí limpiando sus labios, era mía, solo mía y también su infinita sonrisa.

Aprendí que las cicatrices se curan despacio y las mentiras no tienen edad. La única verdad es el sentir de nuestros corazones, ahora y siempre, sin importar el dolor que podamos encontrar en el camino… porque al final, las almas que están destinas a ser, serán.

— Jinete…

— Mi Lola…

BIOGRAFÍAS

Zoe Llum

Maite Devesa nació en pueblo costero de la provincia de Alicante. Enamorada de su tierra, de su mar Mediterráneo, el que en muchas de sus palabras evoca.

Desde muy pequeña le fascinaban las letras, los cuentos y las historias narradas.

Se describe una mujer humilde que solo plasma sentimientos en un papiro. Es la primera vez que sus letras salen a luz.

Artzar Bastard

No soy más que un bastardo demente escribiendo aberraciones desde su cárcel mental. Me mueven el odio y la ira y mi única aspiración es salpicar con mi mierda a todo el mundo. No creo que haga falta hablaros de mi, no soy nadie interesante. Solo soy un hombre que come, caga, fuma, duerme, trabaja y muere a día a día. Como todos. A nadie le intereso lo suficiente como para querer saber quién soy en realidad. Lo que haya o no haya estudiado, en qué consiste mi trabajo o las cosas que haya o no haya hecho en mi sucia vida no importan un carajo. Seguiré siendo el mismo degenerado que antes. Así que léeme o lárgate o haz lo que quieras, nada importa una mierda.

<u>Geraldine Lumière</u>

Nieves Jeri Vizcaino nació en Valencia el 5 de agosto de 1970. Siempre le gustó leer mucho todo tipo de lecturas, lo que más le atraía de adolescente era la lectura de intriga y suspense. Más adelante se decantó por la romántica y de ahí a la erótica. En estas dos últimas, es donde se siente más ella misma.

Se define como una mujer polivalente, ya que ha trabajado y sigue trabajando en cualquier cosa, pues es como una esponja, aprende rápido. Con su mente inquieta no ha dudado en adentrarse en el mundo de la escritura, dispuesta a aprender cada día más de todos y de ella misma.

Hace unos dos años se abrió un blog que llama "El Rincón Oculto de Geraldine". Por su segundo nombre Jeri, que investigando descubrió que procede de ese nombre francés, le gustó y lo uso también para su página de Facebook. A través de los escritos de una buena amiga escritora, se va adentrando en el mundo del BDSM, atrayéndole tanto que fue informándose y descubriendo cosas, lo que hizo que se decantara aún más por este tipo de lectura. Desde entonces no ha dejado de escribir relatos cortos y escritos del género erótico y romántico, que publica tanto en su página de Facebook como en su blog.

Carlos G. Loco

Carlos Gimenez (Alzira-Valencia): Empecé a escribir hace dos años pequeñas frases. La gente se sorprende cuando digo que hasta entonces no había leído mucho, y menos aún, escrito poesía. Con el tiempo he sabido ir expresando mis sentimientos a través de pequeños poemas, los cuales considero parte de mí. Por lo general escribo sobre sentimientos. Eso fue lo que me llevó a escribir mi primer poema llamado "En mi soledad" que publicaré en el próximo poemario. Creo que mucha gente se siente identificada en versos o poemas que he escrito sobre sentimientos, ya sean buenos o menos buenos, para mí es una manera de exteriorizar lo que llevas dentro, inspirándome en

347

momentos o situaciones. A veces es realmente difícil y mucho más transmitirlos al lector/a.

Mis primeros pasos en poesía fueron en la página que tengo en Facebook, hasta que me animaron a publicar el primer poemario, que salió a la venta en el mes de noviembre. Sobre escribir una novela, no lo descarto, aunque sea corta, es algo que tengo en mente desde que publiqué el relato junto a 20 autoras más, quizá me anime a seguir la historia.

Hasta ahora tengo publicados dos poemarios, el volumen 1 y 2 de 100 Poemas de un Loco. También he participado en la Antología romántica llamada "20 Relatos de amor, cóncavos o con besos" junto con 20 escritores-as más.

En la actualidad, a parte de mi participación en esta nueva antología Susúrrame entre las piernas, estoy en plena creación del volumen 3 del poemario de 100 Poemas de un Loco y no descarto intentar escribir una novela. Me considero un aficionado, y soy muy exigente conmigo mismo, teniendo muy presente siempre que, el día que deje de transmitir en lo que escribo, dejaré de hacerlo.

Dulceida Justin

Dulceida Justin nació en Valencia en el año 1981. Su pasión por la poesía y las letras, la llevo a iniciarse en el mundo de la escritura, versando sentimientos de amor, melancolía y erotismo.

En la actualidad trabaja en dos proyectos; un poemario en el que ha volcado gran parte de las fantasías secretas del mundo femenino, y un trabajo donde apuesta por mezclar el misterio, la intriga y lo sobrenatural, junto al erotismo del que lleva años haciendo gala de una gran maestría. Todo ello para conjugar la plena satisfacción del lector.

Se define de vocación soñadora, sí, tanto de metas alcanzables como inabarcables.

Armando Ferri

Armando Ferri: Nació en Toledo, España, el 5 de mayo de 1972. A partir del 2000 se instala en Buenos Aires, Argentina, y allí, gracias a conocidos y por su formación, consigue un puesto de docente en un Instituto de Humanidades.

Ya a partir de 2005 comienza a publicar sus primeros relatos y poemas, de marcado tono erótico, en una revista del *under local.*

Años después, Ferri vuelve a retomar tímidamente las Letras y, esta vez, comienza a dar a conocer sus creaciones en diversas redes sociales, logrando así, muy pronto, una buena y calurosa acogida entre el público lector de habla hispana.

<u>Katy Molina</u>

Nació en Barcelona 1983. Creció entre culturas y aprendió a ser tolerante en la vida.

Amante de las bellas artes y la historia. Tiene devoción por Andalucía y el flamenco, ya que tiene raíces muy arraigadas en su familia. Actualmente vive en Córdoba (España) y trabaja en pleno casco antiguo en un hotel; aparte, es ilustradora en una pequeña empresa que es socia.

Su pasión por la escritura viene desde muy niña, exactamente a la edad de ocho años leyó *Mujercitas*. Desde entonces no paró de crear, ganando varios premios en el colegio e instituto. Empezó publicando pequeños relatos para editoriales sobre erótica y terror. Pero no será hasta los 32 años que no se atreva a publicar su primera novela en Amazon como autora independiente. Su primera novela es un libro corto de novela policiaca y sobrenatural. No la conocerán hasta su mayor obra de comedia erótica serie *"Cruce de Miradas"* (forman en total 6 libros). A partir de entonces, se construye un hueco en este maravilloso mundo. Un sueño cumplido que a día de hoy puede ver con sus trece novelas publicadas.

Es una escritora versátil, no se le resiste ningún género y por ello se atreve con la historia *"El Viaje de Azahara"*. Katy Molina publica comedia romántica, historia y novelas sobrenaturales románticas (vampiros, licántropos, etc.) pero su sello es la erótica que introduce en cada una de las novelas y que le dará la fama. La han llegado a llamar la Dama Erótica, la escritora del fotograma, etc. de esa pasión por el erotismo surge la idea de una nueva literatura "Erótica Destroyer" y con ella nacerá Katy Infierno. Una erótica explícita, sorprendente, nada convencional y muy de novela negra.

Ella tiene un lema en la vida y no es otro que "Escribe con libertad y jamás permitas que callen tu pluma".

Printed in Great Britain
by Amazon